Walter Jürß

Vogelsang vor den Gittern

Walter Jürß

Vogelsang vor den Gittern

Von den Leibhusaren ins „Gelbe Elend nach Bautzen"

Zum Coverbild: Walter Jürß als Soldat beim Reiter-Regiment 5. Das Regiment bewahrte die Tradition der sogenannten „Totenkopf-Husaren" aus Danzig-Langfuhr, die vor und während des Ersten Weltkrieges bestanden. Kommandeur war der spätere, kaiserliche Generalfeldmarschall von Mackensen. Man sieht ihn heute noch manchmal in Dokumentarfilmen, zusammen mit Paul von Hindenburg. Die Uniform auf dem Foto ist also nicht zu verwechseln mit der der Waffen-SS!

© 2004 Walter Jürß

Herstellung und Verlag: Books on Demand GmbH, Norderstedt

ISBN 3-8334-1110-4

Inhalt

Wer in der ersten Hälfte des 20. Jahrhundert geboren ist, könnte Lebensgeschichten erzählen, vor denen Helden aus Abenteuerromanen blass erscheinen. Aber nur wenige, *zu* wenige haben es bislang getan, wohl nicht zuletzt, weil kaum jemand danach gefragt hat. Die Summe solcher Schilderungen würde ein wahres Bild der in vielen Beziehungen noch immer umstrittenen Zeit ergeben, ein Bild zudem, das sich von vielen der heute gängigen und erwünschten Darstellungen erheblich unterscheiden dürfte.

Walter Jürß hat sein Leben aufgezeichnet, damit die Nachkommen seiner Familie, wenn sie denn eines Tages die Lust dazu verspüren, davon erfahren. Jürß wurde nicht nur durch das geprägt, was ihm die Natur mitgegeben hatte, sondern, wie wir alle, ebenso stark durch die Ereignisse, in die er hineingezogen wurde und die er bestehen musste. So hilft die Lektüre seiner Aufzeichnungen auch, den Menschen Walter Jürß, so wie er war, zu verstehen. Aber darüber hinaus liefert seine Schrift ein Mosaiksteinchen zur Zeitgeschichte.

Menschen wie Walter Jürß erlebten mehr als nahezu alle Generationen vor ihnen. Dabei schien alles geordnet und vorgezeichnet, als der Junge in einer gutbürgerlichen Familie zur Welt kam und heranwuchs. Die Schule wurde absolviert wie die Berufsausbildung. Und dann wurde er Soldat, wie die jungen Männer seiner Generation in allen Ländern, nicht nur Europas. Als Siebzehnjähriger wurde er im Kavallerieregiment Nr. 5 Husar – so etwas gab es noch im Zweiten Weltkrieg! – und rückte zu Pferde in den Krieg, erlebte Kämpfe der letzten Kriegsjahre im Osten und kehrte nach kurzer Kriegsgefangenschaft bei den Amis zurück in seine vom Luftkrieg zerstörte Heimatstadt Rostock. Weil er durch seine Arbeit im Hafen einen Überblick über die Unmengen von Reparationsgütern, die die Sowjets abtransportierten, erhielt und seine Kenntnisse über das Ostbüro der FDP an westliche Presseorgane weitergab, die es veröffentlichten, kam er vor ein sowjetisches Kriegsgericht und wurde zu 25 Jahren Zwangsarbeit wegen Spionage verurteilt. 7 ½ Jahre saß er im „gelben Elend" in Bautzen ab. Nach der Entlassung setzte er sich in den Westen ab, wo er eine Familie gründete und seine Existenz aufbaute. So nahm er mit teil am Entstehen des deutschen „Wirtschaftswunders".

Bis heute kämpft Walter Jürß für eine gerechte Entschädigung der Opfer des Kommunismus. Jürß bleibt, was er von Jugend an war und was ihm der Gutachter eines Sozialgerichts bescheinigte: „Ein Mann mit einem überdurchschnittlichen Rechtsbewusstsein", was im heutigen Deutschland nicht immer bequem ist.

Seine Aufzeichnungen sind es wert, auch über den Kreis seiner Familie und seiner engeren Freunde hinaus zur Kenntnis genommen zu werden. Sie sind ein Zeugnis der Zeit.

Hans-Joachim von Leesen

Vorwort

Als ich mit der Arbeit an meinem Lebensbericht begann, wurde ich häufig gefragt, warum ich mich als ganz normaler Bürger der Mühe unterziehe, noch einmal all das aufzuarbeiten, was seit meiner Kindheit in meinem engeren Umfeld geschehen ist. Es gibt verschiedene Gründe dafür.

Zum einen möchte ich für meinen Sohn und meinen Enkel festhalten, wie mein Leben in seinen wichtigsten Abschnitten verlaufen ist. Auch wenn sie mich einmal nicht mehr fragen können, warum es zu der einen oder anderen Entwicklung gekommen ist, oder welche Ereignisse für mich besonders wichtig waren, sollen sie die Möglichkeit haben, sich darüber zu informieren.

Zum anderen haben mich die häufig entstellenden Berichte über die Kriegszeit und die Wehrmacht dazu bewogen aufzuschreiben, wie ich meine Zeit als Soldat während des Krieges wirklich erlebt habe. Denn nicht nur die von Jan Philipp Reemtsma finanzierte sogenannte „Wehrmachtsausstellung", auch zahlreiche andere Veröffentlichungen, Fernseh- und Rundfunkberichte vermitteln der Nachwelt ein Bild, das mit der Realität nicht übereinstimmt.

Noch einen weiteren Anlaß, der genauso bedeutsam für meinen Entschluß gewesen ist, gibt es, einen ganz bestimmten Zeitraum meines Lebens nochmals zu beleuchten. Gemeint ist die Nachkriegszeit, in der ich von einem sowjetischen Militärtribunal verurteilt worden bin und schlimme Jahre in zunächst sowjetisch verwalteten und dann von DDR-Kräften übernommenen Haftanstalten verbracht habe.

Die Wiedervereinigung, die den Bürgern der ehemaligen DDR die Freiheit und uns alten Bundesbürgern viele neue, teils erschreckende Informationen über die Zustände „Drüben" gebracht hat, liegt noch nicht einmal eineinhalb Jahrzehnte zurück, da muß man oftmals bereits den Eindruck haben, der Rückblick auf den Zwangsstaat von damals verkläre sich allmählich. Aussagen wie „Es gab mehr Gerechtigkeit" oder „Jeder hatte Arbeit" verstellen den Blick auf das, was gleichfalls zu diesem Staat gehörte: Gewalt, Willkür, Verachtung der Freiheits- und Menschenrechte.

Wobei auch angemerkt werden muß, daß diese relativierende Betrachtungsweise keinesfalls nur bei ehemaligen DDR-Bürgern anzutreffen ist, sondern sich gleichfalls bei ideologisch immer noch dem Sozialismus/Kommunismus zuneigenden Westbürgern findet. Letztlich scheinen auch Gesetzgeber und manche Juristen nur sehr zögerlich mit der Aufarbeitung des DDR-Unrechts umzugehen, denn anders ist nicht zu erklären, dass zu lange die Entschädigung der Opfer kommunistischer Gewalt nicht befriedigend geregelt wurde, während man mit den Machthabern der damaligen Zeit manchmal sehr nachsichtig umging.

Dies sind die Hauptgründe, die mich dazu gebracht haben, mich noch einmal ausführlich und umfassend mit meinem Leben zu beschäftigen. Es war zeitweise eine beschwerliche und vielleicht auch bedrückende Arbeit, die ich unter Mithilfe insbesondere zweier Menschen bewältigt habe. Ich danke Hans-Joachim von Leesen für Unterstützung in geschichtlichen Detailfragen und Sylvia Green-Meschke. Vor allem danke ich auch meiner Frau, die viel Geduld gezeigt hat.

Die Familie

Am 17. Oktober 1925 erblickte ich das Licht der Welt. Vor mir gab es schon meine Schwester, die am 20. September 1924 geboren worden war. Weil sie dieses eine unwichtige Jahr älter war, stand ihr von Beginn an das Recht zu – meinte sie – auf mich aufzupassen und mich gegebenenfalls zu maßregeln. Darüber waren wir indes sehr verschiedener Meinung, aber sonst kam ich gut mit ihr aus.

Meine Mutter stammt aus einer Beamtenfamilie, ihr Vater – geboren 17.11.1865, gestorben 19.12.1933 – war Sekretär bei der Post, ihre Mutter – geboren 28.4.1888, gestorben 25.10. 1942 – war Hausfrau, wie es zu dieser Zeit üblich war.

Vaters Familienverhältnisse waren durch die Krankheit seines Vaters, der bei der Straßenbahn gewesen war, und durch seine äußerst tatkräftige Mutter bestimmt. Meine Erinnerungen an meinen Vater sind leider recht spärlich, da er bereits im Alter von 43 Jahren starb, als ich selbst erst zehn Jahre alt war. Ich habe ihn nie anders als mit gestärktem weißen Kragen, Weste, Krawatte und Hut erlebt, sommers wie winters. Seine nach Maß geschneiderten Anzüge wurden ausschließlich beim Schneider Zabel angefertigt. Er war preußisch-konservativ eingestellt, was eigentlich schon alles sagt. Ehrlichkeit, Fleiß, Ordnung, Pünktlichkeit, Disziplin, Höflichkeit und Anstand waren conditio sine qua non. Versprochenes wurde gehalten, gesagt war getan, und ein Handschlag war wie ein gesiegelter Vertrag. Mir ist diese Art der Erziehung gut bekommen, sie hat mir in meinem Leben nur Vorteile gebracht.

Mutters Eltern

Eine der wichtigen Erinnerungen der frühen Kinderjahre an meine Großeltern mütterlicherseits ist, daß sie einen Schrebergarten ca. zwei Kilometer hinter der Hundert-Männer-Brücke am Stadtrand auf dem Weg nach Bistow hatten. Sie wohnten in der Margarethenstraße. Der Garten war Großmutter Anna Klähns ein und alles. Die Beete erschienen wie mit dem Lineal gezogen und stellten für uns unbedingt verbotenes Areal dar, obwohl sie natürlich von größtem Interesse für Kinder waren. Besonders hatten es uns die Erdbeeren angetan. Pflücken war aber strikt verboten. Denn alles, was an Gemüse und Früchten wuchs, wurde gleich für die Küche verarbeitet oder in Dosen gefüllt, die in einer speziellen Firma fachmännisch verschlossen wurden.

Bevor wir uns in den Garten aufmachten, wurden wir meistens zum Bäcker Röwer auf die andere Straßenseite geschickt und mußten Kaffeebrot besorgen. Das waren Schnecken oder Blätterteigkämme mit Marmelade gefüllt, pro Stück 10 Pfennige. Heute nennt man so etwas Kopenhagener. Wir hatten strikte Order, keinen „Schlackemaschü" zu kaufen, darunter verstand man Sahnestücke. Für die Erwachsenen wurde Kaffee in eine Thermoskanne gefüllt, und für uns Kinder gab es Saft in einer Flasche, die mit einem Korken verschlossen wurde, der wiederum mit Bindfaden gesichert war.

Der Bindfaden stammte wahrscheinlich meistens aus den Beständen meines Großvaters. Denn Opa war so sparsam, daß er jedes Stück Bindfaden aufbewahrte und jeden rostigen Nagel wieder gerade klopfte.

Oma Luise

Ganz anders ging es bei meiner Großmutter väterlicherseits zu. Mit ihr waren wir sehr oft zusammen. Entweder besuchten wir sie, noch häufiger aber war sie bei uns, denn sie half meiner Mutter fast täglich in unserem großen Haus. Vaters Mutter eine geborene Luise Ruggow. Sie war eine tolle Großmutter und hat in meinem Laben eine entscheidende Rolle gespielt.

Geboren wurde sie am 2. September 1869 in Bützow als zweites Kind von drei Geschwistern. Sie hatte noch einen Bruder und eine Schwester namens Frieda. Großmutter überlebte den Krieg und die schweren, durch Knappheit bestimmten Zeiten danach und starb erst 1954 mit 85 Jahren ruhig und friedlich in ihrem Bett.

Ihr Bruder war vor dem Ersten Weltkrieg, für den Rest der Familie in einer wichtigen Position, bei Justitia auf „Drei Bergen" in Bützow als Beamter im Vollzugsdienst tätig, ich glaube, als Inspektor, aber genau weiß ich das nicht mehr. Etwas mehr als drei Jahrzehnte später wurde diese ursprünglich ganz „normale" Vollzugsanstalt – mit heutigen Gefängnissen war sie sicherlich dennoch nicht zu vergleichen – zu einem berüchtigten Zuchthaus, in dem unter anderem Landwirte eingesperrt wurden, die sich der Zwangskollektivierung widersetzt hatten. Danach saßen dort auch die im Zuge der „Aktion Rose", der Verstaatlichung von Hotels und Gaststätten an der Ostsee, verhafteten Hotelbesitzer von der Küste ein.

Onkels Sohn studierte Zahnmedizin, was einen gewissen sozialen Aufstieg bedeutete und ließ sich später als Zahnarzt in Rostock nieder. Schwester Frieda heiratete einen Franzosen, der nach dem Krieg 1870/71 Deutschland – oder vielleicht vor allem Frieda – als so anziehend empfand, daß er einfach blieb. Sie hatten einen Sohn, der später Chefsteward wurde bei der Reederei „Hamburg-Süd" – auf der „Cap Arcona", einem Luxusliner.

Oma verlebte ihre Jugend in Bützow. Weil sie lebhaft und anstellig war, verdiente sie sich schon früh neben der Schule etwas dazu. So ging sie einige Zeit nachmittags zu einer Gräfin, um Botengänge zu erledigen. Eines Tages erhielt sie den Auftrag, aus einem Schreibwarengeschäft in der Stadt eine Kondolenzkarte zu besorgen. Luise ging also los und wiederholte das etwas ungewohnte Wort laufend für sich, um ja nichts falsch zu machen. Bis sie in dem Laden angelangt war, war allerdings aus dem Begriff alles mögliche geworden, nur mit dem ursprünglichen Auftrag hatte es keine Ähnlichkeit mehr. Der Verkäufer, offenbar mit einem gewissen Einfühlungsvermögen gesegnet, meinte schließlich, die Gräfin brauche vielleicht eine Karte für einen Sterbefall. „Richtig", sagte Luise, „sie hätte aber auch gleich Trauerkarte sagen können, die blöde Gans."

Später bekam meine Oma in Rostock eine Anstellung im Haushalt bei dem Geheimrat Prof. Dr. Thierfelder, einem durchaus prominenten Mediziner der Stadt in der Zeit um den Ersten Weltkrieg. Der hatte als zweite Frau eine Krankenschwester geheiratet, die nun ein strenges Regiment über die Kinder aus erster Ehe führte. Wie es sich für die sprichwörtliche böse Stiefmutter gehört, bestrafte sie die Kinder bei jeder Gelegenheit mit Essensentzug und Arrest auf dem Dachboden. Luise, freundlich, mitleidig und der harten Stiefmutter keineswegs zugetan, versorgte dann die Kinder heimlich. Wahrscheinlich haben sie, wie ich, die besten Erinnerungen an diese außergewöhnliche Frau.

Großmutter heiratete im Jahre 1891 den Sohn eines Bützower Spediteurs. Da er der Zweitgeborene war, also keine Chancen hatte, den väterlichen Betrieb zu übernehmen, ging er zu den Verkehrsbetrieben nach Rostock. Er wurde Fahrer und Schaffner bei der Straßenbahn, die damals natürlich noch nicht elektrisiert war, sondern *von Pferden* gezogen wurde.

1899 wurde er als Sechsunddreißigjähriger so krank, daß er

zunächst an den Rollstuhl und später ans Bett gefesselt war. Damit lag das Wohlergehen der Familie auf Großmutters Schultern. Das war ein bitteres Los, denn ein soziales Netz, wie wir es heute kennen, gab es noch nicht einmal im Ansatz, und so hieß es: Sieh zu, wie du über die Runden kommst.

Prof. Thierfelder hatte Oma nach ihrer Heirat im Krankenhaus als Weißnäherin untergebracht, das war zumindest eine Einnahmequelle. Zu Festlichkeiten im Hause Thierfelder wurde sie als Mamsell, also als Köchin, geholt. Sie konnte nebenbei Mahlzeiten bereiten wie ein 5-Sterne-Koch.

Die Familie Jürß hatte inzwischen zwei Söhne – Wilhelm und Erich –, die ebenfalls bereits im Alter von zehn Jahren mit zum Haushaltseinkommen beitrugen. Der ältere von beiden, Wilhelm, wurde später mein Vater; er wie sein jüngerer Bruder arbeiteten nach der Schule regelmäßig bei einem Tischler. Über eine gewisse Zeit war es ihre Aufgabe, auf einem Handkarren fertig gestellte Bänke von der Tischlerei am Doberaner Platz zur gut drei Kilometer entfernten Kirche am neuen Friedhof zu bringen. Das war die Nachmittagsarbeit. Abends gingen sie dann zum Kegelaufsetzen in die nahe Kegelbahn. Und während sich die Honoratioren, Handwerker und Kegelbrüder bei Bier, Korn und Sprüchen über ihre sportlichen Fähigkeiten oder die hohe Politik ereiferten, brachten Wilhelm und Erich, wenn sie Glück hatten, bis zu 3,- Mark nach Hause. Die gaben sie, ohne zu murren, in voller Höhe an ihre Mutter weiter.

Mein Vater

Für meinen Vater spielte etwas später auch die ehemals so unangenehme Frau Thierfelder eine gewisse Rolle. Da seine Schulzeit sich dem Ende zuneigte, fragte sie, was nun aus Willi werden solle. Oma meinte, ein Handwerk sei sinnvoll, vielleicht Glaser. Frau Geheimrat war der Ansicht, das sei nicht das Richtige für den Jungen und versprach, sie wolle mal sehen, was sie machen könne. Und tatsächlich ergab sich etwas. Das hatte auch damit zu tun, daß es damals bei Festlichkeiten noch üblich war, sich bei der Köchin zu bedanken. Oma kannte also viele der Gäste, und so kam es, daß mein Vater als Lehrling zu dem Rechtsanwalt Birkenstedt kam. Es vergingen drei Monate, da sagte mein Vater: „Mutter, du sollst mal zum Doktor kommen." Oma fragte – leicht beunruhigt – nach, was los sei, aber Willi konnte auch nichts weiter sagen. Also zog Oma ihr bestes Kleid an, das Sonntagskleid, und machte sich auf den Weg. In der Kanzlei kam der Anwalt ohne Umschweife zur Sache und fragte, ob sie etwas dagegen hätte, wenn ihr Sohn Schreibmaschine lerne. Oma war perplex und meinte, ja gern, aber wer solle das bezahlen. Doktor Birkenstedt entgegnete, das würde er schon machen, er sei mit Willi nämlich sehr zufrieden. Nach der ersten Freude, als sie wieder auf der Straße standen, meinte Oma ein wenig ärgerlich: „Das hätte er dich auch fragen lassen können. Ich habe mir extra frei nehmen müssen." Das war ihr zum einen peinlich, zum anderen bedeutete es aber auch einen Abzug von ihrem Lohn im Krankenhaus.

Am Wochenende nahm Oma noch Arbeit mit nach Hause. Das heißt, Willi und Erich holten die Nähmaschine aus dem Krankenhaus in die damalige Wohnung, wo ihre Mutter dann Hemden und Hosen für die Jungen nähte, und was sonst noch anfiel.

Die Wohnung war auch so ein Problem. In dem Haus, damals am äußersten Stadtrand in der Ulmenstraße im Westen Rostocks gelegen, waren sechs Wohnungen, auf jeder Etage zwei. Für Kinder war die Lage ideal, denn es war nur die eine Straßenseite bebaut, so daß man auf der Wiese gegenüber spielen konnte. Es gab jedoch nur eine kleine Küche und dahinter einen

Durchgang zum Wohnzimmer, in dem zwei Betten hintereinander standen. Einen Wasseranschluß hatte die Küche nicht, der war auf dem Flur und mußte mit dem Nachbarn gemeinsam benutzt werden. Die Toilette, immerhin mit Wasserspülung, war ganz unten in einem finsteren Keller, in den wir Kinder nie allein hinuntergingen. Wer wußte schon, was einem da in der Dunkelheit begegnen konnte – wir hatten einfach Angst. Die ganze Wohnung war so beengt, daß der Kleiderschrank auf dem Flur stehen mußte. Viel später stellte sich das als Vorteil heraus: Oben auf dem Schrank hatte Oma immer eine Schachtel mit zwei bis vier Groschen darin deponiert, und wenn wir nach dem Dienst im Jungvolk oder anderen Verrichtungen in dem Haus vorbeischauten, fanden wir stets etwas Geld vor, von dem wir uns Süßigkeiten kaufen konnten. Besonders beliebt waren Rumkugeln für 5 Pf das Stück, die so groß waren, daß wir noch ein bis zwei Stunden später Schwierigkeiten mit dem Abendessen hatten.

Mein Vater kam derweil bei Dr. Birkenstedt gut voran. Neben anderem lag das auch an seiner Einstellung zur Arbeit. Es gab zum Beispiel in der Kanzlei einen Bürovorsteher, der sehr viel von einem pünktlichen Feierabend hielt. Um Punkt 6 Uhr pflegte er zu dem Lehrling zu sagen: „Willi, schließ bloß die Tür zu, sonst kommt womöglich noch ein Klient." War der Vorsteher aber einmal nicht im Büro, handelte Willi genau entgegengesetzt: Er ließ Klienten ganz selbstverständlich noch hinein, bewirtete sie mit Kaffee oder anderen Getränken und telephonierte nach Birkenstedt herum. Meist mit Erfolg, er stöberte ihn zum Beispiel beim Abendschoppen im Weinlokal Gecelli in der Steinstraße oder anderswo auf, und der Anwalt machte sich dann schnellstens auf den Weg ins Büro. Anscheinend geschah das zu beiderseitiger Zufriedenheit, denn als mein Vater 1912 mit neunzehn Jahren zum Militär mußte, spendierte der Doktor ihm eine Extrauniform.

Der vier Jahre jüngere Bruder Erich hatte es mit der Berufswahl nicht ganz so gut getroffen. Er wurde Lehrling in einem Lebensmittelgroß- und Einzelhandel in der Kröpeliner Straße gegenüber von Wertheim. Zu der Firma gehörte auch ein Ausspann, in dem die Kunden vom Lande ihre Pferde unterstellen und versorgen konnten, und dort arbeitete Erich – an sich sehr gern, da er vermutlich am liebsten Bauer geworden wäre –, aber die Arbeit war auch sehr mühselig. Die Arbeitszeit belief

Mutter und Luise

sich oft auf zehn Stunden oder mehr, und es waren den ganzen Tag große Kisten und Säcke zu schleppen. Das wurde für den nicht übermäßig kräftigen Jungen auf die Dauer zu schwer, so daß er dort nur die Lehre abschloß. Anschließend wechselte er zu der bereits damals bekannten Schnaps- und Likörfabrik Lehment, die es auch heute noch gibt. Damals lag sie gleichfalls in der Kröpeliner Straße.

Am 1. August 1914 kam mein Vater abends nach Hause und verkündete dem Rest der Familie: „Es gibt wohl wieder Krieg, es ist Mobilmachung."

Er gehörte zu den ersten, die ausrücken mußten. Als beide Söhne eingezogen waren, sagte ihre Mutter in düsterer Vorahnung: „Den Willi sehen wir wieder, aber Erich wohl kaum." Und damit behielt sie recht, er ist als Zwanzigjähriger 1917 bei Verdun gefallen.

Mein Vater hatte seinen Wehrdienst 1912 beim Infanterieregiment 90 in Rostock geleistet, und mit diesem Regiment zog er dann auch in den Krieg. Schon im ersten Kriegsjahr wurde er vor Lüttich als einer der ersten unter seinen Kameraden mit dem Eisernen Kreuz II. Klasse ausgezeichnet und zum Unteroffizier befördert. In den folgenden Jahren wurde er dreimal verwundet, machte aber den ganzen Krieg bis zum Ende an der Front mit. 1917 erhielt er das EK 1, entlassen wurde er schließlich als Offiziersstellvertreter. Das war zu der Zeit der höchste Dienstgrad, den man ohne Reifezeugnis erreichen konnte.

Kurz nachdem mein Vater 1918 aus dem Krieg zurück nach Rostock gekommen war, traf er auf dem Blücherplatz ganz zufällig seinen ehemaligen „Lehrherrn", Dr. Birkenstedt. Der war im Laufe der vier Kriegsjahre zum Hauptmann avanciert und konzentrierte sich jetzt auf die Wiedereröffnung seiner Kanzlei. Seinen ehemaligen „Lehrling" Wilhelm Jürß hatte er offenbar in guter Erinnerung, denn er fragte ihn ziemlich spontan, ob er als Bürovorsteher bei ihm anfangen wolle. Vater war natürlich glücklich, in der Zeit der Revolutionswirren, in der unzählige Soldaten – einfache, aber auch Offiziere – ohne Anstellung und Auskommen eine wenig hoffnungsfrohe Zukunft vor sich sahen, eine aussichtsreiche Stellung gefunden zu haben. Oma und Opa teilten selbstverständlich seine Freude, als er mit der guten Nachricht nach Hause kam. So mußte er auch nicht auf ein zuvor eingegangenes Angebot zurückgreifen, Leiter der Polizei in einem oberschlesischen Städtchen zu werden.

Meine Eltern

In den folgenden Jahren entwickelte sich alles zu seiner Zufriedenheit, so daß er schließlich auch an die Gründung einer Familie dachte. Im Sportpalast hatte er beim Tanz am Wochenende eine junge Frau namens Erna kennengelernt, mit der es schließlich ernst wurde. Meine Eltern heirateten am 10. Dezember 1923, knapp einen Monat nach dem Ende der Inflation, die über viele Menschen Not und Elend gebracht hatte. Mutter hatte Schneiderin gelernt, was damals für eine künftige Hausfrau ohnehin bereits eine äußerst erstrebenswerte Fähigkeit war – gab es doch in einer „Normalfamilie" jederzeit genügend auszubessern, zu ändern und immer wieder auszubessern. Aber wenn eine Frau richtig schneidern konnte für die Kinder, für sich selbst und eventuell sogar Kleidungsstücke für den Ehemann, war das ein fast unschätzbarer Beitrag zum Unterhalt der Familie. Mutter jedoch hatte sich damit noch keineswegs zufrieden gegeben und zusätzlich ihren Meister gemacht – in diesen Jahren keine selbstverständliche Qualifikation für eine Frau. Sie war auch in anderer Hinsicht eine ungewöhnliche Frau, denn sie war nicht norddeutsch blond und blauäugig, sondern eine bei uns auffallende schwarzhaarige Schönheit. Wenn Vater uns Kinder auf die Schippe nehmen wollte, sagte er Dinge wie „Mutter habe ich bei den Zigeunern aufgelesen". Wir Kinder fingen dann an zu weinen und wollten ängstlich wissen, ob das wirklich stimme. Im Sommer an der See dunkelte ihre Haut sehr schnell zu einer absolut ungewöhnlichen Bräune ein.

Die erste Wohnung der Frischverheirateten lag neben der Kanzlei auf dem Hopfenmarkt, einer Straße mit viel Verkehr, ein paar Häuser vom „Rostocker Hof" entfernt, dem ersten Hotel der Stadt. Mein Vater konnte also morgens in aller Ruhe seinen Kaffee trinken und war dennoch als erster im Büro, er mußte nicht einmal einen Mantel überziehen.

Noch am Hopfenmarkt wurde 1924 meine Schwester Erika geboren, aber schon wenige Monate später zog die Familie um. Sie ließen sich in der Eselfütterstraße nieder. Heute liegen beide Häuser in der Fußgängerzone Rostocks, und Eselfütterstraße Nr. 17 ist jetzt ein ansprechendes Café.

Die Kanzlei Birkenstedt mit ihrem jungen Bürovorsteher Jürß

entwickelte sich in den folgenden Jahren sehr gut. So glänzend sogar, daß ein zweiter Jurist gebraucht wurde, um der wachsenden Zahl von Klienten Herr zu werden. Was für die Kanzlei nötig war, entwickelte sich für Wilhelm Jürß zum Problem: Der Neue war gerade frisch von der Universität gekommen und wußte alles, aber auch alles besser. So kam es nach ungefähr einem halben Jahr zur grundsätzlichen Aussprache mit Dr. Birkenstedt. „Willi", sagte der, „wenn du studiert hättest, bräuchte ich den Wedel nicht, aber so muß ich einen haben, der unterschreiben kann." So trennten sie sich nach ungefähr sieben Jahren freundschaftlich.

Für meinen Vater begann damit ein völlig neuer Lebensabschnitt, denn er beschloß, sich selbstständig zu machen. Er wurde Haus- und Hypothekenmakler und Auktionator. Mutters Eltern fielen erst einmal vom Stuhl, als ihr Schwiegersohn, inzwischen Vater zweier Kinder, einen Beruf, der nach dem Ende der Inflation immerhin 1.000 Mark pro Monat – also einiges mehr als das Durchschnittsgehalt – einbrachte, kurz entschlossen an den Nagel hängte. Kurz entschlossen hieß bei meinem Vater aber nicht unüberlegt, den Kontakt zu seinem alten Chef behielt er auf sehr überlegte Art und Weise aufrecht. Mein Onkel Wilhelm erzählte mir zum Beispiel, er habe einmal einen Kunden mit Unterlagen zur Beglaubigung zu Dr. Birkenstedt geschickt. Der unterzeichnete das Schreiben, ohne es zu lesen. Als der Kunde etwas erstaunt nachfragte, ob er den Brief nicht erst einmal durchsehen wolle, beschied ihn der Rechtsanwalt kurz: „Wenn Sie von Jürß kommen, dann stimmt es, da brauche ich nicht zu lesen!"

In der Eselfütterstraße

Mit Vaters neuer Karriere begannen auch für seine Eltern bessere Zeiten.

Oma kam jetzt meistens schon morgens um 8 Uhr zu uns in die Eselfütterstraße. Nach dem Umzug in die größere Wohnung und nach meiner Geburt hatte Großmutter Luise ihre Stellung im Krankenhaus ganz aufgegeben und half seitdem im Haushalt meiner Eltern.

Sie war fast immer gut gelaunt, und für uns Kinder hatte sie stets etwas in ihrer Handtasche: Schokoladenplätzchen mit bunten Streuseln, eine Schnecke vom Bäcker ... irgend etwas gab es immer.

Oma hatte noch eine großartige Eigenschaft: Sie konnte buchstäblich 24 Stunden lang Witze erzählen, ohne einen zu wiederholen. Sie hat uns alle damit unheimlich beeindruckt. Außerdem war sie unglaublich schlagfertig. Als ich sie einmal bei einem Einkaufsgang in der Innenstadt auf ein sehr ungleiches Paar aufmerksam machte – er so groß und sie so klein – meinte sie: „Das spielt absolut keine Rolle. Hauptsache, sie verstehen sich, und was über ist, ist oben und unten über!"

Mit meiner Schwester und mir ging sie sehr nachsichtig um. Ich erinnere mich an einen von den Eltern verordneten Termin beim Friseur, den ich ja auch befolgen wollte. Aber zuerst ging ich zum Bolzen (Fußball spielen), und dabei verlor ich die 50 Pfennige, die fürs Haare schneiden gedacht waren. Wohl wissend, daß ich Ärger bekommen würde, ohne drastisch gekürzte Haare, bettelte ich Oma um das Geld an. Genau in diesem Moment kam mein Vater durch die Tür und erfaßte augenblicklich, um was es ging. Genauso schnell schickte er sich an, mir eine Tracht Prügel zu verabreichen, aber Oma ging dazwischen und meinte, man könne einen kleinen siebenjährigen Jungen nicht dafür schlagen, daß er sein Geld verloren habe. Mein Vater versetzte darauf, daß die Prügel nicht für das verlorene Geld seien, sondern weil ich die Anordnung meiner Mutter nicht sofort befolgt hätte. Diese Begründung hat auf mich einigen Eindruck gemacht, mehr wahrscheinlich als die Schläge, und ich habe danach die Wünsche oder Hinweise meiner Eltern stets befolgt – nicht zum Schaden für meinen weiteren Lebensweg.

Omas Erziehungsmethode war etwas anders: Sie hatte immer einprägsame Sprüche parat, die man sich gut merken konnte: „Immer nett sein, das ist fein", „Wie man es in den Wald hineinruft, schallt es heraus".

Wir wohnten jetzt auf zwei Etagen, und im Hause wurde ein Büro eingerichtet. Auch eine Sekretärin gab es. Mein Vater wurde zusätzlich vom Gericht als Treuhänder und Sachverständiger eingesetzt und war 1928 Mitbegründer des Reichsbundes der Deutschen Makler (RDM). Zum Gründungstermin fuhren meine Eltern nach Wiesbaden (Später erzählte mir meine Mutter übrigens, ein großer Teil der Teilnehmer seien Deutsche jüdischen Glaubens gewesen).

Für uns waren also bessere Zeiten angebrochen, und mein Vater sorgte auch dafür, daß dies Oma zugute kam. Er wollte ihr all das vergelten, was sie zuvor für ihn getan hatte.

Später, als mir bewußt wurde, daß eine ständig im Haushalt präsente Großmutter keineswegs selbstverständlich ist, wollte ich von meiner Mutter wissen, ob es ihr nicht lästig gewesen sei, stets die Schwiegermutter um sich zu haben. Sie räumte ein, daß sie sich daran erst hätte gewöhnen müssen. Aber allmählich, als man sich aufeinander eingestellt hatte, sei es ihr schon sehr angenehm gewesen. Oma half bei allem mit: vom Kochen über Wäschewaschen, Reinigen und Nähen. Außerdem – sehr wichtig – stand das Essen immer pünktlich um 13 und 19 Uhr – nicht vorher und nicht später – auf dem Tisch, und gut war es immer. Mutter konnte sich also beim Einkaufen Zeit lassen und wohl auch mal mit einer Freundin konditern gehen, ohne auf die Uhr zu schauen.

Nach dem Abendessen fuhr Oma dann nach Hause zu ihrem Mann, der sich tagsüber selbst versorgte, in die eigene Wohnung. Mein Opa starb am 18.8.1930. Danach brachte Oma noch mehr Zeit bei uns zu.

Kindheit

Ich soll ein ruhiges und fast immer zufriedenes Kind gewesen sein. Mein Zimmer lag gegenüber der Küche, das Bett stand am Fenster hinter der Gardine. Mutti oder Oma hatten mich immer im Blick und konnten jederzeit eingreifen. Wurde ich aber selbst aktiv und zog morgens oder nach dem Mittagschlaf die Gardine zurück, war es trotz aller Aufmerksamkeit zu spät – die Zeit für den Topf war verpaßt.

Wenn ich jetzt so zurückdenke, kann ich mich natürlich kaum der Begebenheiten vor meinem dritten Lebensjahr entsinnen. Das Weihnachtsfest aber spielte schon in meinen ganz frühen Erinnerungen immer eine besondere Rolle. Jedesmal gab es einen großen Weihnachtsbaum, der bis zur Decke reichte und mit Lametta und Kugeln geschmückt war. Außerdem hatten wir einen ganz besonderen Weihnachtsmann. Bei uns kam kein verkleideter, aber trotzdem von den Kindern mühelos zu erkennender Nachbar oder Verwandter in die Wohnung, sondern mein Vater hatte Knecht Ruprecht hinter dem Sofa versteckt. Es handelte sich um eine ca. 120 cm hohe Figur, eine Art Schaufensterpuppe, mit rotem, pelzbesetztem Mantel, großen Stiefeln, weißem Bart und – wunderbar und angstein-flößend zugleich – einer Rute, die drohend hin- und herbewegt wurde. Dazu konnte er noch mit dem Kopf wackeln. Meine

Schwester und ich waren zunächst sehr erschrocken, aber bald überwog die Begeisterung über diesen ungewöhnlichen „Gast" des Heiligen Abends. Unter den stets mit großer Ungeduld erwarteten Geschenken sind mir einige besonders im Gedächtnis geblieben: ein großer Kaufmannsladen mit Waage, Kasse und allem nötigen Drum und Dran; ein Speichergebäude mit einer Winde und einem Pferdewagen, den man mit Säcken und Kisten beladen konnte; und eine elektrische Märklin-Eisenbahn Spur 01. Auch Soldaten bekam ich geschenkt und einmal einen Stabilbaukasten. Nach dem Spielen wurde immer wieder alles säuberlich weggepackt. Die Eisenbahn habe ich 1947 in der Tauschzentrale eingetauscht, da war sie noch in vorzüglichem Zustand, fast wie neu.

An ein Weihnachtsfest in den Jahren um 1931 herum erinnere ich mich auch sehr gut, weil es mich in die ersten und einzigen ernsthaften finanziellen Schwierigkeiten meines Lebens brachte. Ich wollte natürlich meine Eltern beschenken, wobei mein Vater auch fast gleichzeitig ein Geburtstagsgeschenk zu bekommen hatte, denn er war am 31. Dezember geboren. Um auch wirklich das richtige Geschenk zu finden, habe ich ihn gefragt, was er sich wünsche. Er antwortete, er wolle gern ein Taschenmesser haben, aber eins, daß er sich selbst aussuchen dürfe. So gingen wir also zusammen in ein Fachgeschäft für Scheren und Schneidwaren in der Kröpeliner Straße gleich hinter der Universität, und dort fand er schließlich ein Messer nach seinem Gusto. Es hatte einen mit Perlmutt ausgelegten Griff, obendrein gehörte noch ein graues Wildlederfutteral dazu. Das ganze kostete 20 Reichsmark. Mein Vater sah mich an und meinte, das sei wohl etwas zu teuer. Ich mußte zwar ziemlich schlucken angesichts des Preises, aber haben sollte er sein Messer. Zu Hause fragte Oma Luise: „Na, Bübing, was hat sich Papa für ein Messer ausgesucht?" „Ein gutes", antwortete ich, „aber es hat 20 Reichsmark gekostet, das ist fast mein ganzes Erspartes, und für Mutti brauche ich ja auch noch etwas." „Das kriegen wir hin", meinte Oma und gab mir 5 Reichsmark zu meinem Geld dazu. Meine Mutter wünschte sich sechs Teller, und die wollte ich ihr auch schenken. Oma besorgte sie und berichtete anschließend auf meine Frage nach dem Preis, sie kosteten 7,50 Reichsmark. Da war ich das erste und einzige Mal in meinem Leben pleite.

Dabei gab es auf dem Weihnachtsmarkt, der auf dem Neuen Markt stattfand, gerade in dieser Zeit sehr verlockende Dinge zu kaufen: Füllhalter mit Namensgravierung zum Beispiel für nur eine Reichsmark. Sowieso war das „nur für eine Reichsmark" damals offenbar gerade eine neue Werbeidee. Ein Händler schrie lauthals unter dem Gelächter der flanierenden Marktbesucher: „Alles für die Kleinen, damit sie lachen und nicht weinen – alles für eine deutsche Reichsmark. Alles regt und bewegt sich – alles für eine deutsche Reichsmark."

Ein Stand war für uns besonders anziehend, der von Onkel Emil. Im Sommer hatte Onkel Emil einen Kiosk in Graal-Müritz, in der Adventszeit verkaufte er auf dem Neuen Markt Lebkuchen, Süßigkeiten und Weihnachtskarten. Wir durften ihm beim Bedienen der zahlreichen Kunden mithelfen und bekamen dafür am Ende des Tages eine Tüte mit Lebkuchen.

Ein anderes willkommenes Ereignis war der Pfingstmark zu Rostock. Für uns Kinder war er ein ganz besonderes Erlebnis. Abweichend von Märkten in anderen Städten, wie etwa dem Hamburger Dom, konzentrierte er sich nicht auf einen Platz, sondern zog sich durch die halbe Stadt: vom Neuen Markt über die Große Mönchenstraße, dann an der Hafenstraße entlang bis zum Alten Markt. Insgesamt dürfte die Strecke so etwa zwei bis drei Kilometer lang gewesen sein. Der Markt dauerte vierzehn Tage und bot uns unglaublich viel zu sehen und zu erleben, natürlich waren wir da, so oft es ging und so oft wir durften.

In sehr angenehmer Erinnerung ist mir ein Stand, an dem eine Frau Waffeln verkaufte. Die Waffelformen waren aus Blech, wurden in den Teig gehalten und dann in heißem Palmin ausgebacken, frittiert würde man heute sagen – eine Delikatesse für Kinder wie für Erwachsene. Der Unterschied war nur, daß die Erwachsenen genügend Geld hatten, um sich ihre Waffeln zu kaufen, während der Bestand unserer Portemonnaies mit dem auf Appetit auf Waffeln meist nicht mithalten konnte. Aber Ideen muß man haben: Es gab damals sogenannte „Vogelzwitscher", ungefähr zehn Pfennig große Gebilde aus Papier und dünnem Blech, die man zwischen Zunge und Gaumen klemmte und denen man mit etwas Geschick unaufhörliches Gezwitscher entlocken konnte. Die arme Waffelbäckerin nervten wir damit immer so lange, bis sie uns freiwillig-unfreiwillig eine Waffel schenkte.

Nach dem Tode von Vater gingen wir oft in Begleitung meines Onkels Wilhelm und seiner Frau auf den Pfingstmarkt. Der Onkel besaß eine Tiefbaufirma mit zeitweise bis zu hundert Steinsetzern und Straßenbauern. Es ging ihm und seiner Frau also wirtschaftlich sehr gut, aber sie hatten dennoch in ihrem Leben großes Leid erlebt, denn sie hatten ihre Tochter durch Krankheit und den zwanzigjährigen Sohn durch einen Verkehrsunfall verloren. So fanden meine Schwester und ich, die den Vater vermißten und Onkel und Tante, die den Tod ihrer Kinder schmerzhaft verspürten, uns irgendwie zusammen.

Ein erster Höhepunkt solcher gemeinsamen Besuche war der Kauf eines Aals. Das war fast ein Staatsakt, bis man sich endlich zum Kauf eines Exemplars entschloß, und wir lernten dabei viel über die Qualität von Aalen – u.a., daß ein Gewicht zwischen 300 und 400 Gramm in punkto Fettgehalt und Geschmack am günstigsten ist. Onkel und Tante gingen mit ihrem Aal in ein Lokal, um ihn dort in etwas kultivierterer Umgebung zu verspeisen, wir aber zogen los über den Markt, jeder mit 5 Reichsmark in der Tasche. Nach ungefähr zwei Stunden kamen wir dann zurück, nachdem wir so viele Karussells, Schiffschaukeln, und was es sonst noch für Geräte und Sehenswürdigkeiten gab, wie möglich durchprobiert hatten. Die Achterbahn vor dem Petritor war am teuersten, die kostete 50 Pfennige.

Als wir zurückkamen, fragte er, ob wir alles durch hätten, oder ob noch etwas fehle, worauf wir rumdrucksten und uns ansahen. Da gab es noch einmal 2 Reichsmark für jeden. Meine Schwester hatte tatsächlich das ganze Geld verbraten, aber ich hatte noch 3 Mark übrig. Zusammen mit den weiteren 2 Mark waren das 5 Reichsmark für mein Sparschwein.

Auf dem Heimweg kaufte Onkel Willi dann noch eine Tüte mit Lebkuchen und für meine Mutter einen Aal – so hatten alle etwas vom Pfingstmarkt.

Aus dem Alltagsleben der frühen Jahre sind mir die regelmäßig jeden Freitag wiederkehrenden Besuche mit meiner Mutter beim Schlachter in guter Erinnerung. Besonders die Knackwurst, die ganz frisch aus dem Rauch kam und noch warm war. Der Sohn der Schlachterleute hatte anscheinend nicht soviel für diese Delikatesse übrig, oder er war ein ausgesprochener Tierfreund – oder vielleicht wollte er auch nur seine Eltern ärgern. Auf jeden Fall hielt er oft die frische, appetitliche Wurst einem zufällig vorbei stromerndem Hund vor die Nase, der – nicht faul – selbstredend sofort und herzhaft zubiß und sich vorsichtshalber gleich damit aus dem Staube machte. Dies wiederum gefiel der Schlachtermeisterin im Laden ganz und gar nicht, sie drohte dem Jungen heftig und schlug mit der Faust gegen die Ladenscheibe, bis sie vibrierte. Ich hatte immer Angst, daß die Scheibe dabei einmal zu Bruch gehen würde, aber das passierte doch nicht.

Neben meiner Mutter und Oma war noch eine weitere Frau wichtig in meinen ersten Lebensjahren. Das war „Hoppe", die Sekretärin meines Vaters. Sie war eine sehr hübsche Frau, groß, schlank und blond, und meine Mutter verstand sich – den gängigen Klischees über das Verhältnis von Chef und Sekretärin zum Trotz – sehr gut mit ihr. „Hoppe" blieb häufig auch nach ihrer Dienstzeit noch im Büro, also bei uns im Hause, und paßte auf mich auf, wenn Mutter noch nicht aus der Stadt zurück war. Den Namen „Hoppe" hatte sie von mir bekommen, warum weiß ich nicht mehr. Aber ich weiß noch sehr genau, wie gern ich sie mochte. Manchmal saßen wir im Dunkeln auf der Fensterbank und sangen gemeinsam: „Liebe Mutti, komm doch bald, sonst wird uns der Kaffee kalt." Wenn ich von ihr in den Arm genommen werden wollte, sagte ich „Hoppe, wollen wir musen", denn das Wort „schmusen" konnte ich noch nicht aussprechen.

Irgendwann im Jahre 1929 heiratete sie und zog mit ihrem Mann in eine eigene Wohnung, wo meine Mutter und ich sie gelegentlich besuchten. Eines Tages habe ich mich dann wohl allein auf den Weg zu Hoppe gemacht, und natürlich wurde mein Verschwinden auch bald bemerkt. Meine Eltern fragten überall in der näheren Umgebung herum und waren schon so weit, die Polizei zu alarmieren, als ein Anruf von Hoppe kam. Ob wir Bübing, so lautete mein Kosename damals, nicht vermißten, war die Frage und „Ja, wir suchen ihn schon überall" die Antwort. „Der ist bei mir und will mit mir schmusen." Glücklich über das gute Ende holte mich Mutter bei Hoppe ab

Zu unserer Wohnung gehörte auch ein Balkon. Dort lebten in einem kleinen, vorn mit einer Gittertür versehenen Stall zwei Kaninchen, ein schwarzes und ein weißes. Als wir zum Beginenberg zogen, sollten sie den Weg aller Kaninchen gehen und geschlachtet werden. Aber das ging natürlich nicht, wir hingen viel zu sehr an ihnen. Es flossen jede Menge Tränen. Also wurden sie verschenkt – ob ihnen das auf Dauer das Leben gerettet hat, weiß ich nicht, aber nach Lage der Dinge ist es eher zu bezweifeln. Sowohl der Kaninchenbraten als auch die Felle waren damals viel zu nützlich für einen durchschnittlichen Bürgerhaushalt. Mancher Pelzbesatz an Ärmeln und Kragen von Kostümen oder Winter-

mänteln, der als Bisam, Fuchs oder ähnliches daherkam, dürfte in Wirklichkeit ein sorgfältig umgefärbter und behandelter Stallhase gewesen sein. Natürlich hielt er nicht so lange wie wertvollere Felle, die ihre Besitzer manchmal ein halbes Leben begleitet haben, aber für kurze Zeit brachte er seinem Träger – meistens der Trägerin – dennoch einen Hauch von Luxus.

Die Kaninchen also mochten wir um der schnöden Nützlichkeit nicht schlachten lassen, aber in anderen Fällen habe ich bereits als kleiner Junge sehr wohl den Wert der Dinge beurteilen können. Bei der Einschulung meiner Schwester stellte ich zum Beispiel fest, daß ihre Schultüte zwar einiges an Zuckerzeug enthielt, aber auch mit einer Menge Papier ausgestopft war, was ich gar nicht überzeugend fand. Als für mich dann ein Jahr später ebenfalls der erste Schultag nahte, verkündete ich der Familie, ich wolle lieber einen Kasten Pralinen statt der bunten Tüte haben, da wüßte ich wenigstens, was darin sei. Ich kann mich zwar nicht mehr erinnern, wie meine Eltern oder die Oma reagiert haben – vielleicht haben sie ein wenig nachsichtig, ein wenig anerkennend gelächelt –, aber ich bekam meine Pralinen. Es war ein großer Sarotti-Kasten, der sorgfältig eingeteilt wurde und so über eine Woche gereicht hat.

Am Beginenberg

1930 sind wir zum Beginenberg Nr. 25 innerhalb der Stadtmauer, gleich hinter dem Steintor umgezogen – einem bekannten Wahrzeichen von Rostock. Wir waren nun zwar ohne Kaninchen, aber dafür hatten wir einen Flügel. Mein Vater hatte ihn am Rande seiner Tätigkeit als Auktionator irgendwo erstanden, und er stand nun schwarz und glänzend im Erker unserer neuen Wohnung. Zu großen musikalischen Leistungen hat er uns nicht befleißigt, aber meine Schwester hat manchmal – zu ihrer, nicht notwendig unserer Freude – darauf herumgeklimpert.

Die neue Wohnung war sehr großzügig geschnitten und umfaßte inklusive Bad und Küche elf Räume. Drei Zimmer, die sogenannten „Berliner Zimmer", gingen praktisch ineinander über und wurden nur durch große Schiebetüren voneinander getrennt. Die Räume hatten eine beträchtliche Höhe, ungefähr 3,50 m, und wunderschöne Stuckdecken. Außerdem gab es noch den Erker, in dem der bewußte Flügel stand und von dem aus, für mich wichtiger, man die ganze Straße überblicken konnte.

Meine Mutter blieb in dieser Wohnung, bis sie im Jahre 1960 starb. Nach dem Tode unseres Vaters hat sie immer einige Räume möbliert vermietet. Zunächst das ehemalige Büro, später mein Zimmer und das meiner Schwester. Die Einnahmen daraus waren so hoch, daß sie nicht nur mietfrei leben konnte, sondern auch immer noch einiges an Geld „über" hatte.

Schulzeit und erste Erlebnisse mit dem Dritten Reich

Als ich etwas älter war, so ab dem fünften Lebensjahr nahm mein Vater mich oft im Auto auf Geschäftsreisen mit. Er hatte bereits im Kriege seinen Führerschein gemacht, für ihn war folglich das Autofahren in den zwanziger Jahren bereits etwas ziemlich Selbstverständliches. Aber er hat nie ein Automobil gekauft. Er stand schon damals auf dem – spätestens heute sicherlich sehr sinnvollen – Standpunkt, daß ein Auto nur Geld frißt. Wir fuhren also Taxi, und er hatte einen festen Taxiunternehmer, der für uns immer am Steuer saß. Am Sonntag wurde er sogar für den ganzen Tag gemietet: für die Fahrten nach Graal-Müritz in die Wochenendfrische an der Ostsee. Er fuhr einen schwarzen Adler, in damaliger Zeit einen respektablen Wagen.

Der Weg nach Graal-Müritz führt durch die Rostocker Heide, die sich von Warnemünde fast bis zum Darß erstreckt. Aber auch viel Wald gibt es. Graal und Müritz, zwei eigenständige, aber ineinander übergehende Orte, die eine Gemeinde bilden, sind fast von Wald umschlossen. Auf dem Wege dorthin ging es bereits ab Rövershagen nur durch den Wald, an der Abzweigung Warnemünde kam man nach Hinrichshagen. Dort gab es inmitten des Waldes eine Forstgaststätte, in die wir meistens einkehrten. Eine der Spezialitäten des Hauses waren Schinken- oder Mettwurstbrote, so umfangreich, daß von dem Holzteller darunter nichts mehr zu sehen war. Auch für den Appetit eines heranwachsenden Jungen stellte die Bewältigung einer solchen Mahlzeit eine gewisse Herausforderung dar, aber ich habe es immer geschafft. Der ganze Spaß kostete zudem nur 1,50 Mark, was wahrscheinlich für meinen Vater das Behagen daran noch einmal steigerte.

Eigentlich haben wir dort fast immer gehalten, aber im Frühling 1935 erinnere ich mich an eine Fahrt, die ohne Unterbrechung an dem Forsthaus vorbeiging. Wir hatten einen Kunden im Wagen, und auf meine Frage, warum wir nicht hielten, antwortete mein Vater kurz und knapp: „Wir haben einen Gast und deshalb geht es nicht." Ich fühlte sehr wohl, daß mein Vater zu weiteren Erläuterungen nicht bereit war und hielt meinen Mund.

Einige Zeit später, auf einer anderen Fahrt nach Graal, lieferte er dann von selbst die Erklärung nach, die er mir an dem Tage nicht gegeben hatte, obwohl er sonst auf Fragen immer ausführlich zu antworten pflegte. Er wies mich auf ein Schild neben der Eingangstür hin, auf dem „Juden unerwünscht" stand. Jetzt begann ich natürlich erst recht zu fragen, und so klärte er mich darüber auf, daß Juden oft einen anderen Glauben und andere Gebräuche hätten als die übrigen Deutschen und daß sie schon deshalb von der NSDAP und der Hitler-Regierung abgelehnt würden.

In den folgenden Monaten konnte man dann immer deutlicher merken, daß mein Vater der NSDAP sehr kritisch gegenüberstand. Er hatte zum Beispiel seit Jahren die feste Angewohnheit, jeden Tag ins Friseurgeschäft zum Rasieren zu gehen, nur am Sonntag kam der Friseur ins Haus. Jetzt aber ging er an Tagen, an denen NSDAP, SA oder andere Organisationen durch die Straßen zogen, nicht mehr aus dem Hause. Es war ihm zuwider, die Fahne oder vor dem jeweiligen Zuge hermarschierende Wichtigtuer mit hochgerecktem Arm zu grüßen. Bis zu seinem Tode am 5. Februar 1936 hat er nie die Hand zum Hitlergruß erhoben. Für die Chargen von SA oder Partei hatte er nur kalten Hohn übrig, da er der Meinung war, die meisten von ihnen seien während der „Kampfzeit" in Stellungen hochgespült worden, die sie in normalen Zeiten nie erreicht hätten. Auch der brave Friseur als SA-Führer nötigte ihm nur spöttische Bemerkungen ab, und als Friseur hat er ihn auch nicht mehr gewollt. Weder bei uns in der Wohnung noch im Büro hat es jemals Hitler-Bilder gegeben, aber auf dem Bücherschrank stand eine Büste von Hindenburg.

Die Beurteilung der politischen Weltlage brachte er in einem Satz auf den Punkt: „Wenn Hitler sich mit den Juden anlegt, hat er den Krieg schon verloren!"

Erst viele Jahre später habe ich begriffen, was er damit gemeint hat, und noch heute bin ich der Ansicht, daß er die damalige Situation mit wenigen Worten sehr klar beschrieben hat.

Kurz vor seinem Tod sagte er zu seiner Mutter: „Vielleicht ist es besser, jetzt im Bett zu sterben als im nächsten Krieg" – mit einem nächsten Krieg rechnete er 1935 ganz fest.

Juden gehörten vor dem Krieg in Rostock zum Straßenbild, ohne daß sie besondere Aufmerksamkeit erregt hätten, auch wenn sie in Schwarz und mit dem typischen Hut gingen. Bei uns im Hause verkehrten viele jüdische Deutsche, und wir

1939, Fahrt in die Steiermark

hatten auch einen jüdischen Hausarzt, Dr. Savis. Er emigrierte 1934 nach Chicago, wobei es meinem Vater gelang, seinen Teil zum Gelingen dieses Unternehmens beizutragen. In dem wirtschaftlich schweren Jahr 1931 lagen mehrere, bis 3000 BRT große Schiffe im Rostocker Hafen mitten auf der Warnow an der Kette. Einige davon konnte mein Vater nach Schweden verkaufen und wurde dafür in Schwedenkronen bezahlt, die er dann Dr. Savis zur Verfügung stellte.

In unserer Nachbarstraße gab es einen älteren Juden, der mittwochs und sonnabends auf dem Markt Käse im Ramsch verkaufte. „Jud", wie er allgemein genannt wurde, ohne daß damit besondere Häme verbunden gewesen wäre, war so klein, daß er auf einer Kiste hinter seinem Wagen stehen mußte, damit man ihn überhaupt sehen konnte. Mittags, wenn der Markt zu Ende ging, fragten wir Kinder ihn häufig, ob wir seinen Ziehwagen, einen ungefähr zweimal 1,50 Meter großen vierrädrigen Wagen mit einer Pritsche darauf, in sein Lager bringen dürften. Das war nur zwei Straßen vom Markt entfernt, ganz bei uns in der Nähe, ein Keller mit zwei Türen, die in den Bürgersteig eingelassen waren. Er nahm unser Hilfsangebot immer gern an und bot uns dafür dann eine Schachtel Käse zum Dank. Damit ging ich sogleich zu Oma Luise und wollte wissen, was der Käse wert sei. Wenn sie sagte „50 Pfennige", verkaufte ich ihn ihr für 30 Pfennige und steckte das Geld sofort in die Sparbüchse.

Irgendwann waren wir aus dem Alter dieser Art Nebenverdienste heraus, so daß wir den Käsehändler aus den Augen verloren. Aber 1941, als schon Krieg war, traf ich ihn am Barnstorfer Weg, als ich in voller Montur auf dem Weg zum Jungvolk-Dienst war. Er trug den Davidsstern. Ich sprach ihn an und fragte ihn, naiv wie ich war, wie es ihm denn gehe. Er meinte, so lala. Dabei schaute er sich immerzu nach allen Seiten um und sagte dann zu mir: „Du darfst doch gar nicht mit mir sprechen." Ich antwortete, daß ich ihn nun schon so lange kenne, da könnte ich ihm wohl noch „guten Tag" sagen. Darauf meinte er, ich sei immer ein anständiger Junge gewesen, ich solle so auch in Zukunft bleiben. Dann verabschiedete er sich und ging schnell weiter. Ich habe ihn nie wieder gesehen.

Nach dem Kriege erst wurde mir bewußt, was gerade dieser Mann damit gemeint hatte, daß man anständig bleiben solle. In der Kristallnacht brannte auch in Rostock die Synagoge und Geschäfte wurden zerstört, aber wie viele andere erfuhr auch ich erst nach 1945, was später mit den Juden geschah.

Die Zeitungen damals haben wenig über dieses düstere Kapitel deutscher Geschichte geschrieben. Es gab wohl Informationen darüber, daß Juden auswanderten, und es gab später auch Gerüchte, daß sie in Lager deportiert worden seien. Daß es aber zu massenhaften Tötungen gekommen ist, darüber erfuhren wir nichts.

Wie Vater für sich jede Verbindung mit der NSDAP ablehnte, verbot er auch seinen Kindern, sich der Hitlerjugend anzuschließen. Nach seinem frühen Tod im Jahre 1936 allerdings sind wir in die Hitlerjugend eingetreten, ich ins Jungvolk und meine Schwester in die Jungmädelschaft. Ich gestehe durchaus ein, daß ich im Jungvolk viel Spaß gehabt habe. Es wurde viel auf Kameradschaft gehalten, und man setzte sich mit Überzeugung für gemeinnützige Dinge ein. Im Winter 1939 haben wir für alte Leute mit dem Schlitten Holz und Briketts vom Kohlenhändler geholt und manchmal etliche Treppen hinauf in die Wohnungen geschleppt oder hinunter in den Keller. Auch Kleidung haben wir eingesammelt und zum Winterhilfswerk gebracht. Im Herbst wurden wir auf den umliegenden Gütern zur Kartoffel- und Rübenernte eingesetzt.

Sommerfrische in Graal-Müritz

In der Zeit der großen Wirtschaftskrise hat mein Vater im Jahre 1929 aus der Konkursmasse eines Bauunternehmers eine sogenannte „Büdnerei" in Graal-Müritz erworben. Er hatte bereits vorher die zweite Hypothek des Objekts in seinem Besitz, so daß er als Bieter in der ersten Reihe stand. Zu dem Anwesen gehörte ein altes Haus, das heute bestimmt unter Denkmalschutz stünde, mit vier Wohnungen, vier Hektar Land und einige Hallen. Die Wiesen verpachtete mein Vater an Landwirte rundherum, die Hallen brachten auch Geld ein, da er sie im Winter als Stellplatz für Strandkörbe vermietete.

In Graal-Müritz waren wir zu dieser Zeit bereits in gewisser Weise heimisch, da wir ab 1928 immer drei Wochen im Kurhaus an der Ostsee verbrachten. Meine Mutter, meine Schwester und ich waren die ganze Zeit da, mein Vater kam am Wochenende, und in Rostock hielt derweil Oma die Stellung. Natürlich war der Sommer an der Ostsee wunderschön, aber es gab auch Wermutstropfen. Vor allem die dauernde Umzieherei ging uns Kindern auf den Geist: Morgens hatte man anständig gekleidet zum Frühstück zu erscheinen, danach zog man sich für den Strand um, aber mittags um 12 Uhr mußte man zum Essen im Hotel sein – natürlich umgezogen. Dann ging es in entsprechend leichter Kleidung wieder in Richtung Strand und zum Abendbrot dann zurück ins Hotel, wo man selbstredend erneut die Kleidung wechselte. Die schönsten Stunden des Tages gingen uns durch die strenge Zeiteinteilung verloren, von der Einengung durch die Kleiderordnung ganz zu schweigen. Aber so war das damals eben, sich dagegen aufzulehnen, kam uns nicht in den Sinn. Ganz billig war diese Sommerfrische im übrigen auch nicht: ungefähr 1.000 Reichsmark waren wohl fällig.

Im übrigen waren die Sommerferien an der Ostsee eine scheinbar unendliche Zeit immer neuer Überraschungen. Als ich sieben Jahre alt war, wurde ich Strandfest-Schützenkönig mit dem Luftgewehr, meine Schwester siegte im Tontaubenschießen. 1934 gewannen wir einen Preis beim Strandburgenwettbewerb, nachdem wir wie alle anderen Stunden damit zugebracht hatten, unglaubliche Wälle unter der sengenden Sonne aufzuschaufeln und mit phantasievollen Muschelbildern zu verzieren.

Nach dem Tode unseres Vaters richtete Mutter für die Familie ein ungefähr 3,5 mal 4 Meter großes Zimmer in dem Haus in Graal ein, mit drei schmalen Betten, Tisch, Bank und drei Stühlen. Außerdem gab es eine Garderobe, einen Schrank mit Spirituskocher darauf, eine Lampe mit Docht und Glaszylinder, daneben liegend immer Streichhölzer, damit wir in der Dunkelheit nicht suchen mußten. Es war urgemütlich. Wasser und Toilette befanden sich auf dem Flur.

Wir verbrachten alle Wochenenden und Ferien dort. Vom Standpunkt der Kinder aus in paradiesischer Freiheit, denn die ewige Umzieherei, der wir uns im Kurhaus unterwerfen mußten, fiel natürlich weg, und auch sonst war alles ein bißchen ungezwungener. Frühstück und Abendbrot aßen wir in unserem Zimmer, nur für das Mittagessen hatten wir ein „Abo" im Hotel zur Post.

Ich lernte im Laufe der Jahre die halbe Bevölkerung des Ortes kennen, was uns später noch sehr zum Vorteil gereichen sollte. Während des Krieges nämlich brauchten wir aufgrund der guten Bekanntschaften mit allen möglichen Leuten dort kaum Lebensmittelkarten. Neben uns war ein Kaufmann, daneben ein Schlachter, der Bäcker 50 Meter links und die Molkerei 50 Meter geradeaus.

Noch in Friedenszeiten, genauso aber nach 1939 wurden wir auch in Graal teilweise von Oma versorgt. Jeden Donnerstag brachte die Spedition Suhl aus Rostock Waren in den Ort, und immer war eine Kiste von Oma dabei: mit Kuchen und anderen Eßwaren.

Zu unserem Strandleben gehörte auch jetzt ein Strandkorb, aber den bekamen wir von dem Vermieter, der ein paar Häuser weiter wohnte, zum halben Preis, denn wir kauften bei ihm immer seinen aus eigenen Bienenstöcken gewonnenen Honig.

Erstes selbstverdientes Geld

Nach dem Tod meines Vaters habe ich neben der Schule meinen ersten „Job" gehabt. Ich war gerade elf Jahre alt, da fragte mich der Kantinenwirt der Handwerkskammer auf dem Spielplatz am Theater, ob ich mir etwas verdienen wolle. Ich war sehr angetan von der Idee, über eigenes Geld zu verfügen und sagte begeistert zu. Meine Aufgabe war es, mit dem Fahrrad dienstags und freitags Unterschriftenmappen zu den sechs Obermeistern in Rostock auszufahren, dafür sollte ich 2 Reichsmark bekommen. Manchmal war das ganz schnell verdientes Geld, weil nur eine Mappe wegzubringen war, manchmal dauerte es länger, wenn ich zu mehreren oder zu allen Obermeistern zu fahren hatte. Das verdiente Geld brachte ich alle vierzehn Tage zur Postbank und nachdem ich 20 Reichsmark zusammengespart hatte, zur Sparkasse – da gab es mehr Zinsen. Ich erzählte niemand von meiner Erwerbstätigkeit, aber es kam doch heraus, denn eines Tages saß Onkel Willi in der Kantine und fragte mich sehr erstaunt, was ich da zu suchen hätte.

Die ganze Angelegenheit endete im übrigen mit einem Krach, obwohl es zuerst so schien, als könne ich meine Verdienstmöglichkeiten noch ausweiten. Der Bürovorsteher der Handwerkskammer hatte mich nämlich gefragt, ob ich Plakate an alle Handwerksmeister verteilen wollte, ich sollte dafür die Summe bekommen, die sonst das Porto ausmachen würde. Als ich nach vierzehn Tagen fertig war mit der Ausfahrerei, wollte er mich mit 2 Reichsmark abspeisen. Das war nun wirklich zuviel der Knauserei, mir kamen vor Wut die Tränen. Ich lief in die Kantine und schilderte dem Wirt meinen Ärger. Er riet mir, mich an den Chef der Handwerkskammer zu wenden. Das tat ich und erzählte in seinem Büro, was mir widerfahren war. Der HWK-Chef reagierte prompt und zitierte den Bürovorsteher vor seinen Schreibtisch. Der geriet angesichts des empörten Elfjährigen und der gezielten Frage seines Chefs ins Stottern und druckste herum, er habe zum Wohle der Handwerkskammer sparen wollen. Sein Chef maß ihn mit einem langen Blick und sagte nur einen Satz: „Der Junge bekommt sein Geld." Damit hatte ich mein Recht bekommen, aber zufrieden war ich trotzdem nicht. Daß man sich auf das Wort eines Erwachsenen, der immerhin Bürovorsteher in einer Institution wie der Handwerkskammer war, nicht verlassen konnte, bedeutete eine tiefe Enttäuschung für mich. Langsam und nachdenklich ging ich zurück in die Kantine, und dann stand mein Entschluß fest: Ich verkündete dem Wirt, für eine solche Firma wolle ich nicht mehr arbeiten. Das war – im Alter von elf Jahren – meine erste Kündigung.

Schritte ins Erwachsenenleben

Im September 1939 erfüllte ich mir dank meines gut gepolster-
ten Sparkontos einige Wünsche: Ich kaufte ein Fahrrad von
Wanderer. Es kostete 75 Reichsmark, aber ich mußte zusätzlich
noch 10 Reichsmark Kriegssteuer zahlen. Außerdem leistete
ich mir eine Armbanduhr und einiges an Kleidung. Eigentlich
wollte ich auch einen weißen Staubmantel haben – damals der
letzte Schrei –, aber das redeten mir Mutti und Oma aus. Nur
eine Fahrt nach Warnemünde mit der Eisenbahn, und er sei reif
für die Reinigung.

Nach dem Krieg wurden mir für meine Kleidung oft Kom-
plimente gemacht, so hat sich Omas und Muttis Überredungs-
kunst noch spät ausgezahlt.

Die letzten Friedensmonate des Jahres 1939 brachten auch
andere besondere Ereignisse. Zum Beispiel eine große Öster-
reichtour der Hitlerjugend mit der Bahn für 35 Reichsmark, eine
sogenannte „Führerfahrt" ab dem Dienstgrad Jungenschaftsführer. Wir besuchten Leoben, Judenberg, Graz, Salzburg und zum
Abschluß München. Dort gingen wir in das Deutsche Museum,
das uns sehr begeisterte. Die Feldherrnhalle und der Königliche
Platz waren Pflicht. Zurück fuhren wir mit dem Zug in Wagen,
die an einen KdF-Zug angekoppelt wurden. Wir hatten jeder 5
Reichsmark bekommen, mit denen wir uns bis Rostock selbst
verpflegen sollten. Wir kauften uns Brötchen, Wurst und Li-
monade und wenn auch unsere Mütter vermutlich die Hände
über dem Kopf zusammengeschlagen hätten, wir waren damit
zufrieden.

Eigentlich hätten wir im selben Jahr mit dem Fanfarenzug
der Hitlerjugend, dem ich seit 1937 angehörte, zum Reichs-
parteitag nach Nürnberg fahren sollen, das wurde aber durch
den Kriegsausbruch verhindert. Wir hatten neben unseren
Landsknechtstrommeln sogar zwei Kesselpauken und auch ei-

nige Aida-Fanfaren (Instrumente mit drei Ventilen) und waren bereits in manchen Platzkonzerten zu Feierlichkeiten und zu Weihnachten durch unser Können angenehm aufgefallen. Die Anerkennung dafür sollte die Reise nach Nürnberg sein, aber es kam eben alles anders.

Gleichfalls 1939 trat ich in den Rostocker Hockey- und Tennisclub ein. Die Plätze lagen mitten im Wald, dicht am Zoo und dem Café Trotzenburg in Barnstorf. Das Clubhaus war reetgedeckt, es war schon ein ziemlich exklusiver Verein.

Ungefähr ein Jahr später verkündete ich meiner Mutter, ich würde jetzt mit dem Pfeiferauchen beginnen. Sie meinte, das wäre nicht schlecht, dann wäre doch wenigstens der Duft eines Mannes im Haus. Die Pfeife, eine schwarze Oldenkott für 5 Reichsmark, konnte ich mir nur aufgrund der Beziehungen meiner Mutter beschaffen, dazu kaufte ich ein Päckchen Tabak von Vogelsang, einer damals ziemlich bekannten Firma, und los konnte es gehen. Ich stopfte den Pfeifenkopf sorgfältig, wie ich es bei anderen gesehen hatte, setzte den Tabak mit einem Streichholz in Brand und begann zu ziehen: den ersten Zug, den zweiten, nach einer Pause einen weiteren, nach einer längeren den nächsten. Die Pausen zwischen den Zügen wurden immer größer und mir immer eigentümlicher zumute. Meine Mutter erzählte später, ich sei blaß und blasser, am Ende richtig weiß im Gesicht geworden. Schließlich fragte sie mich, ob mir nicht gut sei, und das war das letzte, was ich hörte. Denn ich war bereits in Windeseile auf dem plötzlich sehr weit erscheinenden Weg zur Toilette, wo ich mich nicht nur sehr heftig übergeben mußte – neben dem Magen waren auch die sonstigen Innereien betroffen.

Am nächsten Tag besuchte ich meinen Onkel, den Bruder meiner Mutter, und verhökerte ihm Tabak und Pfeife, ich mußte ja schließlich meine Investition wieder herausbekommen. Onkel

Hans gab mir 5 Reichsmark, so daß ich kaum einen materiellen Schaden erlitt, aber mit dem Rauchen war ich erst einmal durch: Bis zu meinem fünfunddreißigsten Lebensjahr habe ich nicht mehr geraucht. 1956, nach meiner Entlassung aus der Haft, ich war gerade in Iserlohn, fing ich dummerweise wieder damit an, bis heute habe ich es nicht gelassen.

Ähnlich erging es mir mit dem Alkohol. Zwei Freunde und ich hatten beschlossen, daß wir auch einmal erleben wollten, wie es ist, betrunken zu sein. Auf der Straße hatte man ja angetrunkene und torkelnde Gestalten oft genug gesehen, und außerdem kannten wir den Spruch „Bier auf Wein, das laß sein, Wein auf Bier, das rat ich dir". Also kauften wir uns eine Flasche „Zeller schwarze Katz" für 90 Pf., sowie eine Flasche Bier zum Preis von 30 Pf.. Dann verzogen wir uns in den Keller, um das Experiment ungestört in Angriff zu nehmen. Ich weiß nicht mehr, ob die fatale Wirkung ebenso schnell eintrat wie beim Rauchen, aber auf jeden Fall wurde mir schwindlig. Ich ging nach oben, wo ich auf Oma traf, die sofort erkannte, was mit ihrem Enkel los war: „Du bist ja betrunken!" Sie verfrachtete mich ohne viel Federlesens in die Toilette, wo ich mir den Finger in den Hals stecken mußte. Danach ging es mir schon viel besser, aber sie steckte mich trotzdem noch ins Bett, und das war's. Ich halte bis heute nichts vom Alkohol und bin in meinem ganzen Leben vielleicht viermal richtig betrunken gewesen, das aber auch nur unter einem gewissen Zwang. In Frankreich zum Beispiel während der militärischen Ausbildung haben uns einige Vorgesetzte, Wachtmeister und Leutnants, absichtlich blau gemacht, indem sie uns fortwährend – immer ex – auf das Wohl des Führers trinken ließen.

Wesentlich erfolgreicher gestaltete sich mein nächster Schritt zum Erwachsensein. Ich meldete mich 1940 bei Lu und Ed Möller zur Tanzstunde an. Wir lernten alle Standardtänze, den Tango, Foxtrott, Polka und sogar noch die Quadrille plus

Anstandsregeln. Letztere erwiesen sich als sehr nützlich. Öffentliche Tanzveranstaltungen waren seit Kriegsbeginn verboten, aber in der Zeit zwischen dem Waffenstillstand in Frankreich und dem Rußlandfeldzug gab es noch einmal Tanzerlaubnis, und alle Abschlußbälle wurden nachgeholt. Jede Woche gab es in der Tanzstunde einen Ball, auf dem die Damen „in Lang" und die Herren „in Dunkel" erschienen. Vor dem Ball mußte bei jeder Dame ein Antrittsbesuch gemacht werden, was für uns immer sehr aufregend war. Es gab Tanzkarten, Schleifen und eine Unmenge anderer wichtiger Nichtigkeiten, die Eltern der Tanzdame waren selbstverständlich dabei, so daß man auch mit der jeweiligen Mutter tanzen mußte.

Da viele der Tanzschüler bereits Soldat geworden waren, hatten wir Jüngeren plötzlich unerwartete Chancen bei den Mädchen. Aber wir haben die Abwesenden auch würdig vertreten – und wir hatten viel Freude daran.

Meine Mutter war in dieser Zeit bereits beim „Warnkommando" dienstverpflichtet. Das war eine Unterabteilung der Luftwaffe, die zuständig für die Warnung vor Luftangriffen war. Es wurde Tag und Nacht Wache geschoben, um bei Alarm rechtzeitig die Sirenen, die meist auf den Dächern öffentlicher Gebäude angebracht waren, auslösen zu können. Von Kriegsbeginn an war das Aufgabe des Jungvolks. Die Zentrale dafür lag auf dem Oberwall im Bunker unter dem alten Wasserturm in den Wallanlagen. Dann übernahmen die Bürger der Stadt die notwendigen Tätigkeiten bzw. wurden sie dazu eingezogen, und jetzt war hier die Geschäftswelt Rostocks vom Stadtbaurat bis zum Tanzlehrer vertreten. Es handelte sich um „weiße Jahrgänge", die weder im 100.000-Mann-Heer noch später gedient hatten. Sie haben den Krieg alle überlebt.

Bei diesem Verein landete meine Mutter. Es war zunächst ein recht ziviles Kommando, und manche bezeichneten es als

Druckposten, aber neben älteren Leuten wurden auch viele Verwundete eingesetzt. Dennoch war es bis April 1942, als es die ersten Terrorangriffe auf die Stadt gab, eine recht gemütliche Angelegenheit mit vielen Geburtstagsfeiern und anderen Festivitäten.

Der Dienst lief in einem Drei-Tage-Rhythmus ab mit 48 Stunden Schicht und 24 Stunden Freizeit. Für meine Mutter mag das recht anstrengend gewesen sein, mußte sie doch zusätzlich ihre Alltagspflichten erledigen, aber für uns hatte es auch eine gute Seite. Hatte Mutti nämlich zum Wochenende Dienst, stand uns die Wohnung zur freien Verfügung, und wir konnten unsere Tanzfreunde und -freundinnen einladen. Allerdings geschah das keineswegs hinter dem Rücken unserer Mutter. Es wurden extra Einladungskarten angefertigt, die sie unterschrieb und die dann bei den Eltern der Freundinnen abgegeben wurden – sonst wäre gar nichts gelaufen.

Oma Luise fungierte als Anstandsdame und sorgte für Schnittchen oder andere Leckereien. Für die Getränke wie Likör, Wein und Sekt war der Sohn des Weingroßhändlers Baade zuständig. Wir hatten jedesmal eine Menge Spaß mit unserem Plattenspieler zum Aufziehen, auf dem wir Kreuder, Igelhoff, Grothe und andere spielten. Meistens war um ungefähr 24 Uhr Schluß. Nachdem wir dann alle Mädchen nach Hause gebracht hatten, begann für meine Schwester und mich das große Aufräumen. Besonders das durch die Tanzerei mitgenommene Parkett machte viel Arbeit. Auf jeden Fall aber war, wenn Mutti vom Dienst kam, alles wieder tipptopp, die Arbeit ging jedesmal Hand in Hand. Andernfalls hätten wir allerdings wohl auch zum letzten Mal in unserer Wohnung gefeiert.

Lehrling bei Schomann

Der Krieg nahm nach dem Beginn des Rußlandfeldzuges allmählich andere Dimensionen an, als es sich mancher vorher vielleicht vorgestellt hätte. Ich rechnete damit, in ein, zwei Jahren zum Militär eingezogen zu werden.

Bislang ging ich jedoch noch zur Realschule, so daß ich bei einem normalen Schulabschluß wahrscheinlich meine Lehre nicht beendet hätte, wenn die Einberufung gekommen wäre.

Diese Möglichkeit gefiel mir überhaupt nicht, und ich setzte meiner Mutter auseinander, daß ich von der Schule abgehen wollte, um eine abgeschlossene Berufsausbildung zu haben, ehe ich zum Militär mußte. Mutter sah den Sinn meiner Überlegungen ein, und so begann ich als Lehrling bei einer Firma für Eisenwaren, Haushaltsgeräte und Spielwaren in Rostock, bei Schomann am Neuen Markt. Das war eine alteingesessene Firma, die sich zu der Zeit bereits seit 225 Jahren im Familienbesitz befand und immer weiter entwickelte hatte. Als ich dort anfing, erstreckten sich die Geschäftsräume innerhalb eines großen Gebäudes über einige Etagen. Mein Chef, ein Herr Lehmann, war – was auch einiges über die Bedeutung der Firma aussagte – Präsident der Industrie- und Handelskammer zu Rostock.

Mit dem Beginn meiner Lehre fiel ein anderes Ereignis zusammen. Als Lehrling hatte ich keine Zeit mehr für das Jungvolk, da bei denen am Mittwoch und am Sonnabend Dienst war. Mich zur Hitlerjugend umzumelden, hatte ich aber keine Lust, ich hatte mit Hockey, Tennis und Tanzschule viel zu viele andere Interessen. Also mußte ich vorsichtig sein: Wenn mir auf der Straße ein Zug Hitlerjugend entgegen marschiert kam, hieß es, schnellstens in einem Hauseingang oder einer Seitenstraße zu verschwinden. Eine ganze Weile ging das gut, aber als ich in

Graal-Müritz im Urlaub war, bekam ich eine Vorladung zum Bann, der höchsten HJ-Dienststelle in Rostock. Ich ignorierte das erst einmal, aber prompt stand nach einigen Tagen ein Polizist bei meiner Mutter vor der Tür. Er machte ihr unmißverständlich klar, daß ich am nächsten Tag um 19 Uhr zu Hause zu sein habe, er würde mich dann abholen und zum Bann bringen. Am nächsten Tag, einem Mittwoch, stand er pünktlich vor der Tür, und wir marschierten los. Natürlich war es mir peinlich, von einem Polizisten eskortiert durch die Stadt zu gehen. Ich fragte ihn, ob wir nicht die Straßenbahn nehmen könnten, und er stimmte zu, wenn ich für mich selbst zahlen würde. Gesagt, getan.

Beim Bann erwartete mich ein kriegsversehrter Stammführer mit EK 1 und anderen Orden, der mich sofort zusammenschrie, ich müßte als Jungenschaftsführer wissen, daß ich mich selbst bei der HJ zu melden habe. Viel weiter kam er aber nicht, denn im Nebenzimmer entstand ein Tumult. Da waren zwei aneinander geraten und handgreiflich geworden. Einer der beiden bekam sofort vier Strafwochenenden aufgebrummt: Holz hakken im Gefängnis. Für mich war die Sache von Vorteil, denn mein Vergehen war plötzlich völlig nebensächlich, ich konnte wieder gehen. Kurz danach bekam ich meine Einberufung zum Arbeitsdienst, und damit war das Thema HJ ohnehin erledigt. Vorsichtshalber suchte ich noch einen Streifendienstführer auf, den ich aus der Pimpfenzeit kannte und bat ihn, meine Vorführung beim Bann nicht weiterzuleiten. Er versprach es mir und hielt seine Zusage auch.

Nach gerade zwei Monaten in der Firma, ich befand mich also noch in der Probezeit, sorgte ich auf andere Weise für einen gewissen Aufruhr. Ich hatte in der Rostocker Zeitung einen Artikel über die Zusammenhänge von Ortstarifen und Lehrlingsgehältern gelesen. Rostock gehörte demnach zur S-Klasse, so daß die Vergütung für das erste Lehrjahr 25 Reichsmark hätte betragen müssen. Wir bekamen aber nur 15 Reichsmark. Ich ging gleich

am nächsten Tag zum Prokuristen und zeigte ihm den Zeitungs-
beitrag. Der Prokurist schickte mich weiter zum Chef, Herrn
Lehmann. Der wiederum ließ sofort die Chef-Buchhalterin
holen, eine Frau mit fünfundzwanzig Jahren Diensterfahrung,
und wollte von ihr wissen, welche Ortsklasse für Rostock gelte.
Sie sagte prompt „S", und er antwortete ebenso prompt, dann
müsse sie sich vom jüngsten Stift belehren lassen, daß sie falsche
Beträge ausgezahlt habe. Ab sofort bekamen alle sechs Lehrlinge
mehr Geld und ich zusätzlich eine Belobigung.

Das war sozusagen die Alltagsseite meiner Lehre, aber es gab
auch eine andere: den Krieg.

Der Krieg kommt nach Rostock: Terrorangriffe

Bei Fliegeralarm mußten Angestellte, die nahe der Firma
wohnten, Branddienst im Gebäude machen, das hieß Feuer-
bekämpfung mit Sand und Wasser. Für jeden Alarm gab es 1
Reichsmark, da kam ab 1942 schon einiges zusammen. Was
aber in der Anfangszeit eher eine Routineangelegenheit mit der
Möglichkeit auf die eine oder andere Mark zusätzlich gewesen
war, wurde im April plötzlich bitterer Ernst.

Am 29. März hatte es bereits Lübeck getroffen, schön alt und
mit viel Holz. Die Altstadt hatte gebrannt wie Zunder, einen
Monat später war Rostock dran.

Es begann am 23. April. In der ersten Nacht wurden sichtlich
planvoll das Gaswerk am Güterbahnhof und das Wasserwerk
bombardiert. Erst wurden Sprengbomben geworfen, um die Gebäude aufzureißen, danach kam der Phosphor, ca. 50 cm lange
und 10 cm starke Stäbe mit einem Zünder, die in den geborste-
nen Bauwerken praktisch unlöschbare Brände entfachten. Den
ersten Angriff sahen sich viele Leute sogar noch an.

Steinstraße und Neuer Markt nach den Bombenangriffen im April 1942

In der zweiten Nacht brannte schon die halbe Stadt, und wir hatten es bereits vor der Tür. Unsere Wohnung am Beginenberg lag ungefähr 150 bis 200 Meter entfernt vom Steintor, das wie eine Fackel brannte. Die ganze andere Straßenseite stand in hellen Flammen, auch die Nikolaikirche.

Am 25. April war meine Firma dran. Unser Chef hatte uns noch angewiesen, möglichst Unterlagen und Karteien aus der Buchhaltung zu retten, so daß ich damit beschäftigt war, Ordner und Büromaschinen auf einen vierrädrigen Handwagen, einen Blockwagen, zu laden. Dann griff das Feuer in der Straße so um sich, daß ich damit Schluß machen mußte und nur noch den

Wagen aus dem Hof holte. Es war inzwischen fast 5 Uhr und hatte bereits Entwarnung gegeben, aber die Hitze der Brände steigerte sich noch, so daß es zu Feuerstürmen kam. Ich sah, wie die Flammen von den Nebenhäusern her die Vorderfront unserer Firma erreichten, durch die Ladentür leckten, im Nu quer durch das Gebäude liefen und an der Rückfront wieder herausschlugen. Es entstand ein Sog wie in einem Kamin.

Hier war nichts mehr auszurichten, und so machte ich mich mit dem Blockwagen auf den Weg nach Hause. Das war nicht einfach, Umwege wurden nötig, weil es überall brannte und Trümmer auf die Straße stürzten. Zu Hause angekommen, war es eine Freude, wenigstens die Familie gesund vorzufinden bei all den verbrannten und durch Steinbrocken erschlagenen Toten, die ich auf den Straßen gesehen hatte. Unser Nachbarhaus war nur noch eine qualmende Ruine, die gesamte andere Straßenseite vom Steintor bis fast zur Grubenstraße war völlig ausgebrannt. Auch hier fielen noch stehende Hauswände unversehens in sich zusammen, so daß weiterhin die Gefahr bestand, durch herabfallende Mauerteile umzukommen.

Unser Haus war nur durch die Aufmerksamkeit meiner Mutter und zweier Untermieter dem Inferno entgangen. Sie hatten noch während des Angriffs auf dem Dachboden drei Phosphorstäbe, von denen einer bereits gezündet hatte, durch die Dachluken hinausgeworfen. Den Rest hatten sie mit Sand gelöscht.

Der hinter unserem Haus liegende leere Tattersall war ebenfalls ein Raub der Flammen geworden. Zum Glück war er nach dem ersten Angriff geräumt worden – bis dahin hatten in den Gebäuden Stapel von Reifen der Heinkel-Flugzeugwerke gelagert.

Auch unser Haus wurde, bis auf den Flügel, der umgekippt in einem Zimmer zurückblieb – er war wohl zu schwer – geräumt, und wir brauchten Wochen, unsere auf verschiedene Sammelplätze verstreuten Möbel wieder zusammenzuholen.

Vorerst kamen wir im Ständehaus unter und waren froh, wenigstens ein Dach über dem Kopf zu haben. Weil wir alle unter fürchterlichem Durst litten und es kein Wasser gab, ging ich noch einmal in unseren Keller zurück und holte zwei

Flaschen Sekt. Der lag noch aus der Zeit meines Vaters dort und war eigentlich für eine Hochzeit oder ein ähnlich großes Ereignis gedacht. Jetzt tranken wir ihn aus Tassen, und er hat besser geschmeckt als jemals ein Sekt davor oder danach. Wahrscheinlich lag das an dem überstandenen Schrecken und unseren ausgedörrten Kehlen.

Der Blockwagen, mit dem ich Unterlagen aus der Firma gerettet hatte, hat uns noch gute Dienste geleistet. Meine Mutter hat auf ihm Oma Luise, die zu Kriegsende aufs Land evakuiert worden war, im Juni 1945 aus dem ungefähr 15 Kilometer entfernten Pastow zurück nach Hause geholt. Oma war damals 76 Jahre alt und hatte eine schwere Lungenentzündung. Aber sie hat auch das durchgestanden und noch viele Jahre gelebt.

Auch der Flügel hat alles gut überstanden, in den sechziger Jahren hat meine Mutter ihn an die Neptunwerft für deren Kultursaal verkauft.

Rostock war die erste Stadt in Deutschland, die so großflächig in Trümmer gelegt wurde. Ich werde mein Lebtag diese Bilder von Tod und Zerstörung vor Augen haben.

Noch während der bis zum 27. April dauernden Angriffe kam ein ganzes Feuerlöschregiment aus dem Rheinland zur Hilfe. Wenige Tage danach erreichten Hilfszüge die Stadt, so daß Versorgung und Verwaltung schon in kürzester Zeit wieder funktionierten. Für Ausgebombte gab es die „Hermann-Göring-Spende": Jeder bekam für den symbolischen Preis von 1 Reichsmark komplette Schlafzimmer, Küchen oder was er sonst verloren hatte.

Auch die Firma Schomann, deren Gebäude in Schutt und Asche lagen, eröffnete schon vier Wochen später das Geschäft erneut am Hopfenmarkt. Wir bekamen eine neue Ladeneinrichtung, und fast jeden Tag kam ein Waggon mit dringend benötigten Waren.

Diese Lieferungen boten für mich eine Einnahmequelle zu meinem Lehrlingsentgelt. Meine Aufgabe war, morgens um 6 Uhr zwei LKWs von der städtischen Fahrbereitschaft zu besorgen, so daß der jeweilige Waggon bis 13 Uhr entladen war. Dann gab es für mich eine Prämie von 10 Reichsmark, die zusätzliche Arbeitszeit durfte ich abbummeln. Das tat ich natürlich am Sonnabendnachmittag, denn da wollte ich nach Graal an den Strand. Das aber gab böses Blut. Denn wenn ich bei schönem Wetter mittags um 12 Uhr statt um 18 Uhr die Firma verließ, kam bei den anderen natürlich Neid auf.

Allerdings hatte trotzdem keiner meiner Kollegen Lust, morgens vor Tau und Tag aufzustehen und die Lastwagen zu holen. So blieb alles beim alten, was für mich eine durchaus zufriedenstellende Regelung war.

Meine Lehre verlief auch sonst ziemlich erfolgreich, so daß ich bereits nach achtzehn Monaten statt nach drei Jahren meinen Abschluß als machen konnte.

Urlaub in Berlin und Hamburg

Ich war jetzt siebzehn Jahre alt und mußte allmählich mit meiner Einberufung rechnen. Davor aber wollte ich wenigstens ein ganz kleines bißchen von der großen Welt sehen. Ich beschloß, eine Reise zu machen. Im Januar 1942 fuhr ich für acht Tage nach Berlin, das zu dem Zeitpunkt noch unzerstört war. Ich kam am Stettiner Bahnhof im Norden an, von wo aus ich mir in der Friedrichstraße eine Pension suchte. Mit einer Wochenkarte der Berliner Verkehrsgesellschaft fuhr ich in den folgenden Tagen kreuz und quer durch Berlin. Unter den Linden sah ich das Zeughaus, das Schloß, die Humboldt-Universität und den Dom. Der Kurfürstendamm war selbstredend ein weiteres Ziel, für

Potsdam und Sanssouci nahm ich mir einen ganzen Tag Zeit. Am Potsdamer Platz gab es abends im „Haus Vaterland" sogar noch Varietévorstellungen. „Haus Vaterland" war nicht einfach ein Lokal, sondern ein Komplex aus verschiedenen Lokalen, den „Rheinterrassen" oder dem „Bayernsaal". Von dort aus kam ich zum Leipziger Platz, wo ich das nicht nur für meine Begriffe riesige Kaufhaus Wertheim durchstreifte. In der Voss-Straße bestaunte ich die Reichskanzlei, ich besah mir das Luftfahrtministerium, ging über den Gendarmenmarkt und fand fast kein Ende. Jeden Tag bin ich stundenlang umhergelaufen. Gegessen habe ich oft bei Aschinger, da gab es reichlich. Alles war neu und interessant – die Tage in Berlin haben mir sehr viel gegeben.

Als ich wieder zurück in Rostock war, kam – wie erwartet – ganz schnell die Einberufung zum Reichsarbeitsdienst nach Schwerin.

Nach der RAD-Zeit und vor der Einberufung zu den Reitern nach Stolp nutzte ich noch einmal die Gelegenheit zu einer Reise. Diesmal ging es nach Hamburg, das damals noch kaum zerstört war. Ich mietete mich in einer Pension in St. Georg hinter dem Hotel Atlantik ein. Bei meinen Streifzügen durch die Umgebung kam ich vor dem S-Bahnhof mit einem Soldaten ins Gespräch. Er war Gefreiter und befand sich als Verwundeter in Hamburg im Lazarett, aber wie sich herausstellte, wohnte er auch im Zivilleben – er war Architekt – in Hamburg. Er hatte ein schönes Haus in Poppenbüttel direkt an der Alster. Es war ein Glücksfall, daß er mir anbot, mir die Stadt zu zeigen. Wir verstanden uns schnell sehr gut, so daß ich durch ihn die Hansestadt noch von ihrer schönen Seite kennenlernen konnte. Nach dem Krieg war davon nicht mehr viel übrig.

Unsere Verbindung hielt auch in der Zeit nach 1945 noch. Ich besuchte ihn oft und brachte ihm von einem mir bekannten Bauern, über den später noch zu erzählen sein wird, etwas

Verpflegung mit. Oft Obst, Erbsen und Rapssaat, aus der er sich dann selbst Öl gepreßt hat.

Reichsarbeitsdienst (RAD) und Militärzeit

Die Einberufung zum RAD war also da, und zwar lautete sie auf den 15. Januar 1943. Einsatzort war Schwerin, so daß ich mich mit einem Koffer per Eisenbahn von Rostock über Bad Kleinen auf den Weg nach Schwerin machte. Das Lager befand sich neben einem Friedhof an der Straße nach Görris. Als ich 1990 nach langer Zeit wieder Schwerin besuchte, standen die alten Baracken noch.

Es gab das geflügelte Wort, der RAD sei die Schule der Nation, und vielleicht hat das auch gestimmt. Vor allem, wenn man Drill und Wacheschieben als eine solche Schule betrachtet. Tatsächlich hat jeder aber auch Disziplin, Ordnung, Sauberkeit, Pflichterfüllung und Anstandsregeln eingebleut bekommen.

Es fing im übrigen gleich gut an. Wir mußten auf dem Appellplatz antreten, und vor uns baute sich der Lagerleiter auf: „Ich bin Oberfeldmeister (entspricht Hauptmann), ich bin der Chef und kann alles!" Wir bekamen das sofort zu spüren, indem er uns erst einmal einige Runden um den Sportplatz traben ließ.

Danach ließ er uns wegtreten, und wir wurden auf die einzelnen Baracken aufgeteilt, zehn Mann pro Zimmer. Am nächsten Tag wurden wir eingekleidet und geimpft, alle vierzehn Tage so ziemlich alles, was denkbar war, von Malaria bis Tetanus. Fast als erstes lernten wir Bettenbauen mit millimetergenau ausgerichteten Kanten. Daß die Bettbezüge blauweiß kariert waren, bedeutete eine kleine Hilfe beim Zusammenlegen, aber gleichzeitig fiel jede Abweichung auch besonders auf. War es zu

deutlich zu sehen, wurden die Betten auseinandergerissen, und man mußte von Neuem anfangen.

Die Fußböden aus Eichenbrettern in den Baracken wurden gescheuert, als ob man davon hätte essen wollen. Aber wer will schon von Fußböden essen. Abends mußte die Kleidung auf einem Hocker genauso präzise ausgerichtet und gefaltet werden wie am Tage das Bettzeug, steigern lassen hätte sich die Akkuratesse nur noch durch die Verwendung einer Wasserwaage. Selbst bei der morgendlichen Körperpflege war ein Aufpasser dabei und sorgte dafür, daß ja kein Körperteil trocken blieb. Unsere Unterwäsche mußten wir selbst waschen und bei Bedarf auch flicken. Manch einer von uns hatte offensichtlich noch nie Nadel und Faden in der Hand gehabt, geschweige denn benutzt – so lernten wir also auch stopfen und nähen.

Die Tage vergingen mit Appell, Drill und Griffe klopfen. Das natürlich nicht mit Gewehren, sondern mit dem Spaten, denn wir waren schließlich Arbeitsdienst. Wie nicht anders zu erwarten, mußte der Spaten so sauber sein, daß man sich darin spiegeln konnte.

Gipfelpunkt der Schinderei war der Ausgang am Sonntag. Wie üblich begann es morgens um 6 Uhr mit dem Aufstehen und Kaffeeholen, um 7 Uhr war Stubenappell. Wer da aneckte, hatte schon schlechte Karten. Um 13 Uhr hieß es antreten auf dem Appellplatz, vor den Augen der Eltern oder Freundinnen, die vom Rande des Platzes zusahen. Nun ging es nur noch rund: Die Reihen mußten nacheinander vortreten, und jeder wurde einzeln visitiert. Zunächst der Haarschnitt, die Haare durften 3 bis 5 Zentimeter lang sein. Zu lang? Ab zum Friseur! Danach wurden die Hände vorgezeigt, Handrücken, Handflächen und Fingernägel mußten blank und sauber sein. Dann kam die Kontrolle von Kamm und Taschentuch. Einige mußten sogar die Schuhe ausziehen, so daß Socken und Füße auf Sauberkeit überprüft werden konnten.

Ich hatte immer alle Sachen zweimal neu und einmal gebraucht. Die neuen Sachen habe ich vorgezeigt, die anderen benutzt.

Außerdem konnte ich mich mit einem Rasiermesser rasieren. Mit den herkömmlichen Rasiersachen fiel man fast immer herein, die hatten auf beiden Seiten Zähne wie ein Kamm.

Wer beim ersten Mal irgendwie aufgefallen war, konnte den Appell um 13.30 Uhr und dann noch einmal um 14 Uhr wiederholen. Wurde danach noch etwas beanstandet, blieb der arme Kerl den Sonntag im Lager, daran änderte auch nichts, daß die jeweiligen Besucher vielleicht von weither angereist waren.

Ein RAD-Mann müsse in jeder Situation tadellos sein, hieß es, Fehler oder Mängel am Mann fielen nicht auf den allein zurück, sondern auf die ganze RAD-Abteilung, und das sei nicht zu dulden. Begründungen für Schikane lassen sich eben immer finden.

Eines Tages, gegen Ende der RAD-Zeit kamen drei hoch dekorierte SS-Männer ins Lager, ein Sturmführer und zwei Obersturmführer, um bei uns für die Panzertruppe der Waffen-SS zu werben. Unser Lagerführer war zwar der Ansicht, die ganze Abteilung müsse sich geschlossen zur Waffen-SS melden, aber es wurde – vielleicht pro forma – jeder noch einzeln befragt. Ich gab an, ich hätte mich bereits freiwillig zu den Reitern, den Husaren nach Stolp gemeldet, da das eine Familientradition sei. Schon mein Großvater habe bei den Leibgarde-Husaren gedient. Freiwilligkeit plus Familientradition, das wurde anerkannt. So blieb mir die Waffen-SS erspart, obwohl sie mich nach Kräften zu überreden versuchten, der SS-Reiterdivision Fegelein beizutreten.

Tatsächlich hatte ich schon früh den Wunsch gehabt, meinen Militärdienst bei den Reitern zu absolvieren, obwohl ich damals sicherlich noch nicht an Krieg gedacht hatte. Als Junge hatte ich mich oft bei den Pfadfindern der Scharnhorst-Jugend aufgehalten, die im Keller unseres Hauses ihr Heim hatten. Als 1933 alle Vereine dieser Art in die Hitlerjugend überführt wurden, mein Vater uns aber den Beitritt verboten hatte, suchte ich neue Kontakte. Ich fand sie in einem Tattersall, der auf unserem großen Hof untergebracht war. Die Reitschule gehörte einem Hauptmann a.D. Uhlmann, es gab ca. 40 Pferde und sogar eine Reithalle. Dort im Stall hielt ich mich gern auf, half den Stallburschen beim Füttern oder Putzen der Pferde. Manchmal habe ich mit den anderen Kindern voltigiert, und da die Pferde jeden Tag bewegt werden mußten, kam ich allmählich zum Reiten. So entwickelte sich langsam mein Wunsch, als Soldat zu den Reitern zu gehen.

Im Mai 1943 wurde ich nach vier Monaten aus dem Reichsarbeitsdienst entlassen. Gearbeitet haben wir in der ganzen Zeit nur einmal für ein paar Tage – wir haben bei einem Arbeitsdienstführer eine Tannenhecke gepflanzt.

Bei den Reitern

Im Juni wurde ich nach Stolp in Pommern zu den „Fünfern", dem Kavallerieregiment Nr. 5, Traditionsregiment der Danziger Leibhusaren, eingezogen, die ab 1944 in „Regiment Feldmarschall Mackensen" umbenannt wurden.

In Stolp blieben wir nur drei Wochen, dann ging es mit zwölf oder dreizehn Mann nach Stettin, wo wir komplett eingekleidet wurden. Die Uniformen, Reithosen und Rock, waren feldgrau, aber die Reitstiefel waren so neu, daß sie noch nicht einmal eingefärbt waren, sondern die rohe Lederfarbe zeigten. Außerdem drückten sie fürchterlich.

Auch in Stettin haben wir uns nicht lange aufgehalten. Über Berlin, Metz, Paris und Nancy ging es nach Lucon an der Biscaya zur schnellen Abteilung 602. Die bestand aus einer Reiterschwadron, das heißt hundert Mann, und zwei Fahrradschwadronen. Ich landete bei den Reitern des 1. Zuges, der von Leutnant v. Uckermann geführt wurde. Leutnant des 2. Zuges war von Blücher, Schwadronchef Oberleutnant Simon, Abteilungskommandeur ein Major von Platen.

Wir waren neben fünfzehn rumänischen Offiziersanwärtern ungefähr dreißig Aktiv- und Reserveoffiziersanwärter, eine unglaublich illustre Gesellschaft: fast nur Adlige, vom Freiherrn bis zum Prinzen. Weniger vornehm war allerdings der Umgang miteinander. Ein guter Freund unserer Familie, der noch zu Kaisers Zeiten Spieß bei den Husaren in Potsdam gewesen war, hatte mich zwar gewarnt und mir geraten, zur Infanterie zu gehen, wenn ich etwas werden wolle, aber ich hatte seine Schilderungen für übertrieben gehalten. In Lucon wurde ich eines anderen belehrt.

Am zweiten Tag begannen bereits die Schikanen – heute würde man das wohl „Mobbing" nennen. Wir mußten antreten. Erstes Glied fünf Schritte, zweites Glied drei Schritte vortreten, Namen, Beruf des Vaters und Heimatort nennen. Die durchweg adeligen Rekruten hatten durchweg höhere Offiziere als Väter: Generale, Obersten, selten einmal einer unter Major. Langsam bekam ich kalte Füße. Ich wurde zweimal nach meinem Vater gefragt. Daß er verstorben war, reichte nicht als Angabe: „Der muß doch einen Beruf gehabt haben." Als ich „Makler" sagte, hatte ich schon verspielt. Vielleicht war ja in der Familie des Herrn Leutnants gerade ein Gut unter den Hammer gekommen.

Es begann mit der Pferdeverteilung. Ich bekam zwar ein schönes Pferd, aber es war ein Rappe, schwarz wie die Nacht. Die normale Pflege, fünfundzwanzig Striche mit Striegel und Kardätsche auf der Stallgasse, war kein Problem. Anders die Appelle mit Pferden vor den Offizieren, dem Spieß mit weißen

Handschuhen, dem Beschlagmeister, dem Veterinär. Jedes einzelne Stäubchen wurde entdeckt, für alles gab es Strafen. Mir kamen allerdings meine früheren Begegnungen mit Husaren zugute, bei denen ich etliche Tricks gelernt hatte. Man brauchte das Pferd nur kurz vor dem Appell mit einem urinbefeuchteten Lappen abzuwischen, dann war es staubfrei, ohne daß das Fell naß wirkte. Den „Rohstoff" dafür hatte man schließlich bei sich, daß er in ausreichender Menge vorhanden war, dafür konnte man durch reichlich Trinken vorher sorgen.

Der Stall hatte ebenso wie die Pferde vor Sauberkeit zu glänzen. Sättel und Zaumzeug waren millimetergenau an den Wänden ausgerichtet und stets auf Hochglanz poliert. In Kandaren und Trensen konnte man sich spiegeln, sie wurden ständig mit Sand und Polierkette gewienert. Das Stroh mußte über die ganze Länge der Stallgasse zu einer exakten Rolle zusammengeschoben werden. Von den dreißig Pferden eines Beritts durften nur bei zweien Pferdeäpfel liegen, sonst gab es gleich eine Stallwache extra. Der Dienst war ausgesprochen hart.

Außer meinem Reitpferd hatte ich zusätzlich das Packpferd für das MG zu versorgen. Vor jedem Ausritt mußte ich also zwei Pferde satteln, war dementsprechend der letzte und bekam auch dafür eine Zigarre verpaßt. Glücklicherweise wurde diese Aufgabe hier und da auch an andere übertragen, so daß es mich wenigstens nicht jedesmal erwischte. Ich wurde auch als MG-Schütze 1 eingesetzt. Bei der Waffenmusterung, etwa drei Kilometer von der Stellung entfernt, stellte sich heraus, da der Schütze 2 den Ersatzlauf des MG liegen gelassen hatte – zu Fuß zurückgehen mußte, aber ich als der Verantwortliche. Ich war aber trotzdem noch vor dem Zug mit dem Ersatzlauf in der Kaserne.

Einige Zeit später sind wir mit Fahrrädern, ausgeliehen von der Fahrradschwadron, zum Scharfschießen an die Biscaya gefahren. Dem Herrn Leutnant lief dauernd die Kette ab, da mußte er natürlich ein anderes Fahrrad bekommen. Wie nicht anders zu erwarten, fiel seine Wahl auf mein Rad. Nun hatte ich mit der Kette zurecht zu kommen und strampelte mich weidlich ab, um die Gruppe immer wieder einzuholen. Das gelang mir zwar, aber ich hatte keine einzige Pause, denn wenn ich gerade ankam, brachen die anderen ohne Rücksicht auf mich schon wieder auf. Erst die Rückfahrt wurde weniger strapaziös.

Bei einem Rapport fragte mich der Leutnant, was ich sei, Optimist oder Pessimist. Ich antwortete, ich sei ein realistischer Optimist. Was ihn an meiner Antwort so sehr störte, weiß ich nicht, auf jeden Fall aber versetzte er, ich würde nie Offizier werden, dafür würde er sorgen. In mir wallte Zorn auf und ich dachte, das kann doch nicht sein. Im Nachhinein muß ich allerdings sagen, daß ich ihm möglicherweise mein Leben, mindestens aber meine Unversehrtheit verdanke. Denn ich habe von diesem Zug nur zwei Soldaten wiedergetroffen: einen Leutnant in Rußland bei Baranowizce, einen anderen auf dem Rückmarsch von Graz an die Mur in die Gefangenschaft. Alle anderen sind verwundet worden oder gefallen.

Allmählich nahte das Ende der Rekrutenzeit und damit der große Appell vor dem Kommandeur. Das hieß, daß man alles Sattelzeug, Trensen, Kandaren noch einmal auf Hochglanz polierte. Zwei Tage vor dem großen Ereignis kam ich in den Stall zu meinem Pferdestand und fand statt meines gepflegten Zaumzeugs völlig verdreckte Sachen vor, grün verspaktes Leder und verrostete Schnallen. Ich lief damit sofort zum Berittführer, der mein auf Hochglanz poliertes Zaumzeug kannte und wußte, daß ich vorher nie schlecht aufgefallen war. Seine einzige Reaktion war: „Das muß blank werden."

Gerade das war jedoch bei dem Zustand des Metalls nicht möglich, so daß ich mir etwas anderes einfallen lassen mußte. Nach einigem Überlegen ging ich in die Stadt und kaufte mir Eisenlack, mit dem ich kurzerhand alle Schnallen schwarz

anmalte. So trat ich zum Appell an. Dem Leutnant fiel erst einmal der Kiefer herunter, dann brüllte er mich an, ich hätte Wehrmachtseigentum verunstaltet. Als er fertig war, sagte ich ganz ruhig: „Da irren Herr Leutnant, das ist Erhaltung von Wehrmachtseigentum, ohne meine Aktion wäre das gesamte Zaumzeug hin gewesen." Fünf Minuten später sprach er mich erneut, dieses Mal ganz ruhig, an und fragte, ob ich noch etwas von dem Lack hätte. Ich bejahte, aber so leicht wollte ich ihn denn doch nicht davon kommen lassen, also verlangte ich 5 Reichsmark dafür. So wurde ein ganzer Beritt mit schwarzen Schnallen versehen.

Nach dem Appell ging es nach St. Germain bei Paris, und ich war meinen Ausbilder endlich los.

Danach habe ich noch zweimal in meinem Leben von ihm gehört. Zum ersten Mal mittelbar in Rußland bei Baranowicze, als ich als Meldereiter unterwegs war. Wie es der Zufall wollte, traf ich meinen Schwadronchef aus alten Zeiten, Oberleutnant

2002 auf dem Petersberg

Simon. Er forderte mich auf zu halten und meinte, ich käme ihm bekannt vor. „Ja", bestätigte ich, „Herr Rittmeister waren mein Schwadronchef in Lucon." Da meinte er: „Dann waren Sie das mit den schwarzen Schnallen. Sie sind ja noch nicht weiter. Sehen Sie zu, daß Sie den Krieg überstehen, der ist verloren. Und seien Sie nicht traurig, ich als Rittmeister sitze im Kasino auch immer am Ende der Tafel und ein Fähnrich mit dem richtigen Namen neben dem Kommandeur." Wobei anzumerken wäre, daß der Rittmeister nicht nur nicht den richtigen Namen hatte, er kam auch aus dem Mannschaftsstand – vor 1939 war er Spieß gewesen.

Das zweite Mal bekam ich eine direkte Information über ihn. Und zwar ziemlich genau 60 Jahre nach der Ausbildung. Durch unsere Traditionszeitung „Der Husar" hatte ich Kontakt mit dem früheren Leutnant des 2. Zuges bekommen, und es ergab sich, daß wir auch über „meinen" Leutnant sprachen. Da erfuhr ich, daß dessen Schwester mit unserem Abteilungskommandeur verheiratet gewesen war. Im Nachhinein wurde also verständlich, warum er sich damals so manches hatte erlauben können.

Trotz mancher Widrigkeiten aus damaliger Zeit treffen wir Husaren uns noch alle zwei Jahre, zuletzt noch vierzig Kameraden im Jahre 2004. Wir waren und bleiben eine eingeschworene Gemeinschaft nach dem Motto „Alle für einen, einer für alle", Husaren eben.

Fronturlaub in Rostock

Durch die Verlegung von Lucon nach Poissy bei St. Germain änderte sich auch mein Ersatztruppenteil von den Stolpern zu den 13. Braunschweiger Husaren in Lüneburg. Wichtiger aber: Ich bekam erst einmal Fronturlaub nach Rostock.

Das war eine zwar kurze, aber wunderbare Zeit. Ich wurde viel eingeladen und habe mich mit allen Freunden getroffen. Man wußte ja nicht, ob man sich noch einmal wiedersehen würde.

Das beste aber war, daß mir Onkel Ottchen, der früher bei den Leibhusaren in Potsdam gedient hatte, eine Schirmmütze der Kavallerie besorgt hatte, mit gelber Paspelierung und dem Totenkopf der Danziger Leibhusaren. Das war schon etwas! Allerdings wurde ich häufig gefragt, ob ich bei der SS sei und klärte dann auf, daß ich ein Husar bin. Es war nicht unangenehm, so bestaunt zu werden, und ich war wohl auch einer der ganz wenigen Rostocker, die bei einem solchen Traditionsregiment dienten.

Allzu schnell war der Urlaub zu Ende. Für meine Rückreise zum Ersatztruppenteil in Lüneburg wollte ich keine Begleitung auf dem Bahnhof. So fand der Abschied zu Hause statt.

Aufstellung im Osten

Nachdem ich zurück bei meinem Truppenteil war, wurden wir an den Pripjet in die Nähe von Pinsk verlegt. Hier wurden das Reiterregiment Süd und das Regiment Nord, Kav. Reg. Nr. 5 aufgestellt, wobei die Zugehörigkeit zu dem einen oder dem anderen Truppenteil durch reines Abzählen festgestellt wurde. Ich kam nach Süd, später Reiterregiment Nr. 41. Es war eine komplette Neuaufstellung, eine Schwadron nach der anderen kam dazu, und es fehlte praktisch an allem. Das hatte aber auch seine Vorteile, denn wir wurden sehr modern, zum Beispiel mit neuen Sturmgewehren, ausgerüstet.

Kommandeur des am 1.6.1943 aufgestellten Regiments war Prinz zu Sayn-Wittgenstein-Berleburg – er ist am 22.11.43 gefallen.

Mein erster Einsatz war der Stab der 2. Abteilung, danach kam ich zu einem gerade aufgestellten Nachrichtenzug. Ein großer Teil dieses Zuges bestand aus österreichischen Ersatzleuten aus der Hauptstadt Wien, Funkern zum Beispiel oder anderen Männern, die mit Pferden noch niemals etwas zu tun gehabt hatten. Vielleicht hatten sie in Wien einmal ein Pferd gesehen, darauf gesessen aber noch nie. Höchstens einmal auf einem Karussellpferd.

So bestand denn der Alltag vor allem aus Reitunterricht und Pferdepflege – und manchen kuriosen Erlebnissen.

Zwei unserer Schwadronen bekamen eines Tages neue Pferde, Berberhengste aus Frankreich, die statt des normalen Zaumzeugs nur einen Strick um den Hals hatten. Es waren nicht sehr große, schöne und vor allem sehr temperamentvolle Tiere. Wer auf die Idee kam, einen Funktrupp mit zwei Stuten einer dieser Schwadronen zuzuteilen, weiß ich nicht. Auf jeden Fall war es nur von kurzer Dauer. Der Reiter der möglicherweise rossigen Stute bekam die Vorderhufe eines Hengstes ins Kreuz

Major von Eisenhardt-Rothe Kdr. Kav. Ers. Abt 5, Stolp Pom.,
Rittmeister Prinz zu Salm, Chef 1 Schwadron AA12.

und stürzte mit Karacho vom Pferd, der andere fiel durch das
Aufbäumen des Hengstes auf die Hinterhand in einen Graben.
Ernstere Verletzungen gab es nicht, aber danach ging man mit
der Einteilung der Pferde etwas überlegter um.

Unsere neuen, bislang motorisierten Kameraden putzten
nach anfänglichem Unbehagen ihre Pferde bald ebenso eifrig
wie wir alten Husaren und wurden ihnen wie wir Freunde und
umsichtige Pfleger. Sprüche wie „Kurz der Arm und lang die
Pause", oder „Kurz der Arm und lang das Knie", oder auch

Rittmeister Philipp Frhr. von Boeselager zeichnet die Sieger eines Jagdspringens aus. Gefr. Jürß auf Saturn. Ostern 1944.

„Gutes Putzen halbes Futter" wurden ihnen gleichfalls schnell zum Begriff. Außerdem bekamen sie gelbe Schulterstücke und trugen den Braunschweigischen Totenkopf der Husaren, damit sie begriffen, zu was für einem edlen Haufen sie nun gehörten. Auch mit diesen spät zu uns gestoßenen Kameraden sind wir Husaren noch über ein halbes Jahrhundert nach dem Krieg in unserer Tradition fest verbunden.

Eigentlich war es trotz allem eine ruhige Zeit bei der Aufstellung am Pripjet. Wir haben sogar Reitturniere abgehalten. Ich habe noch gut einen Geländeritt über eine Strecke von vier Kilometern mit achtundzwanzig Hindernissen im Gedächtnis, der innerhalb einer bestimmten Zeit bewältigt werden mußte. Beim Jagdspringen dieses Turniers habe ich in der Gruppe der Mannschaften bis Wachtmeister den ersten Platz geholt und konnte mir als Sieger einen Preis aussuchen: Wurst, Schnaps, Rauchwaren, oder eine Schokoladentorte. Ich nahm die Torte, schließlich konnte keiner wissen, ob oder wann man so etwas noch einmal bekommen würde. Woher unser Fourier, ein Wachtmeister, der im Zivilberuf Konditor war, die Zutaten genommen hat, blieb mir verborgen, aber geschmeckt hat sie großartig.

Nach dem Krieg habe ich diesen Mann auf einem Traditionstreffen bei einer Rheinfahrt wiedergetroffen. Er war bereits Rentner, konnte sich aber an zahlreiche Einzelheiten sehr gut erinnern. Unter anderem auch an die bewußte Torte. Als das Gespräch darauf kam, rief er sofort seine Frau heran und meinte triumphierend: „Sieh'ste, Mathilde, ich habe doch immer gesagt, daß ich auch im Krieg gebacken habe!" Das traf nun wirklich zu, einmal hatte er sogar, aus Anlaß des Geburtstags unseres beliebten Abteilungskommandeurs Brendecke für die ganze Abteilung Platenkuchen gebacken.

Ein anderes kulinarisches Großereignis, allerdings mit einem ernsteren Hintergrund, ist mir noch in Erinnerung. Als durch die zahlreichen notwendigen „Frontbegradigungen" vieles in Ostpreußen bereits in Auflösung begriffen war, liefen häufig herrenlose Gänse durch die Gegend, so daß auch in hektischer Zeit einmal Gänsebraten auf dem Speiseplan stand. Je drei Mann sollten eine Gans bekommen. Durch die lange Zeit von der Planung bis zur Essensausgabe zwischen einzelnen Vorstößen und begrenzten Rückwärtsbewegungen hatte es inzwischen so viele Ausfälle unter den Soldaten gegeben, daß jetzt praktisch jeder eine ganzes Stück Federvieh bekam. Es mundete trotz allem großartig und jeder vertilgte sein Tier, nur bekamen etliche von uns nach dem ungewohnt fetten Essen einen ziemlichen

Durchfall. Wir fühlten uns hundeelend, aber auch das hatte wieder sein Gutes. Wir befanden uns mit unserer Gruppe bei einem fremden Truppenteil, dessen Major anscheinend unter „Halsschmerzen" litt, das heißt, unbedingt ein Ritterkreuz haben wollte und deshalb mit den ihm unterstellten Männern nicht gerade vorsichtig umging. Wir hatten den Eindruck, er würde uns ohne weiteres verheizen. Angesichts unseres Durchfalls aber meinte unser Abteilungskommandeur, daß es sich um Ruhr handeln könne und schickte uns nach hinten, weg von der Front. So wurde der verbliebene kleine Rest von uns abgelöst und kam einigermaßen wohlbehalten raus.

Eine weitere unangenehme Randerscheinung dieses Gänseessens ergab sich, als ich mit einigen anderen die Pferde unseres stark dezimierten Zuges nach Lyck zurückzubringen hatte. Jeder Reiter führte drei Pferde, zwei sogar vier. Man stelle sich in Schnee, Kälte und mit Durchfall schnelles Absitzen vor, wenn vier oder fünf Pferde keineswegs die Absicht haben, still stehen zu bleiben.

Die Beschaffung von Eßbarem außerhalb der normalen Verpflegung spielt bei Soldaten im Krieg wohl immer eine große Rolle. Ich erinnere mich daran, daß wir im Sommer 1944 einmal ein Schwein schlachteten und daß ich, als wir weiterzogen, ein Kochgeschirr voll des wunderbarsten Schweineschmalzes bei mir hatte. Leider wurde es in der Hitze des Tages ziemlich flüssig, so daß am Ende mein Brotbeutel völlig mit Fett verschmiert war. Beim nächsten längeren Halt habe ich ihn dann sorgfältig ausgekocht und getrocknet. Trocken wurde er, zudem aber auch hart und brüchig, schließlich verlor ich ihn samt Inhalt, ohne es zu merken. So macht man seine Erfahrungen!

Andere unliebsame Erfahrungen in Rußland erwarben wir überall mit Wanzen und Läusen. Die Häuser waren voll davon. Läuse saßen in der Wäsche und den Achseln, Wanzen fielen in den Stuben von den Decken. Wenn man aufgrund der Wetterlage gezwungen war, in Häusern zu übernachten, zog man sich zur Schlafenszeit an statt aus, um den gefräßigen Insekten so wenig nackte Haut wie möglich darzubieten.

Beginn des Rückzugs

Die vergleichsweise friedliche Zeit in den Pripjet-Sümpfen ging jedoch bald vorüber. Wir kamen im Juni 1944 nach Sluzk im Mittelabschnitt der Front in den Raum Minsk und wurden als schnelle Truppe laufend an der vordersten Front eingesetzt. Später auf den Rückzug nach Ostpreußen bildeten wir die Nachhut. Oft haben wir Stellungen zurückerobert, die vorher geräumt worden waren. Nach uns kamen immer nur noch die Russen. Es gab enorme Ausfälle.

Im Oktober, so um meinen Geburtstag am 17. des Monats herum, ritten wir in einem Gewaltmarsch durch die Rominter Heide von Lück in den Raum Stallupönen nach Ebenrode-Trakehnen, um die Russen zurückzuwerfen, die über Nemmersdorf hergefallen waren. Was wir dort im Oktober 1944 nach der Rückeroberung an Bestialitäten gegenüber der Bevölkerung, alten Männern, Frauen und Kindern, zu sehen bekamen, kann man im Grunde nicht wiedergeben.

Noch heute fehlen mir die Worte, das zu schildern. Die berüchtigten Tataren hätten nicht schlimmer sein können.

Weihnachten wurden wir wieder verlegt. Per Eiltransport ging es nach Ungarn, wo Budapest befreit werden sollte. In Pilsen lief ein Waggon heiß, so daß er vom restlichen Zug abgekoppelt werden mußte. Ich erhielt den Auftrag, Pferde, Leute und alles, was dazu gehörte, hinter dem Rest der Truppe herzuführen. Erst nach drei Tagen kamen wir mit dem nächsten Transport weiter.

Aus diesen bereits letzten Wochen des Krieges sind mir die unterschiedlichsten Ereignisse im Gedächtnis geblieben. Einmal bewegten wir uns mit unserer eigenen Kolonne und fremden Soldaten und Offizieren auf einer gut einsehbaren Straße entlang, als das Geräusch im Tiefflug herannahender Flugzeuge zu hören war. Die meisten von uns suchten so schnell wie irgend möglich Deckung abseits der Trasse. Nur ein Offizier blieb mit seinem Kübelwagen mitten auf der Straße und war, als ich ihn auf die Gefahr hinwies, der Meinung, das müßten doch deutsche Flieger sein. Er schaffte es dann noch in den Graben, ehe die Beschießung losging, aber ich machte mir so meine Gedanken, in welchem weit rückwärtigen Stab dieser Mann wohl bis dahin seine Zeit verbracht hatte. Da hatten wir mit den „alten Hasen" der Truppe, meist Unteroffizieren, die von Anfang an dabei gewesen waren, andere Erfahrungen gemacht. Die rochen förmlich, wenn es gefährlich wurde, und manches Mal sind wir nur knapp einer Katastrophe entgangen, weil wir ihren Anweisungen fast blind folgten.

Ein sehr schweres Gefecht in dieser Abschlußphase habe ich, so merkwürdig das klingt, verschlafen. Wir lagen unter längerem starkem, aber über uns hinweggehendem Beschuß in einer kleinen Senke, und da bin ich eingedämmert. Als es weiterging, mußte ich von meinen Kameraden mit einem kräftigen Tritt geweckt werden. Hinterher wurde noch tagelang über den ohrenbetäubenden Gefechtslärm gesprochen, und ich hatte nichts davon mitbekommen. Natürlich ist so etwas nur erklärbar durch die unglaublichen Strapazen, denen wir damals ausgesetzt waren.

Wenn es einmal kurze Ruhepausen gab, mußten wir trotzdem im Freien kampieren, denn bei den hin und her gehenden Vorstößen und Rückzügen, fanden wir fast immer total demolierte Häuser vor. Waren die Russen auch nur wenige Stunden in ein ungarisches Dorf eingedrungen, war hinterher alles zerstört.

Und zwar nicht durch Kampfeinwirkung, sondern systematisch zerschlagen und verwüstet, um den Aufenthalt in Häusern unmöglich zu machen.

Als ich auf unserem Weg nach Westen einmal in die Küche eines verlassenen, aber ziemlich unzerstörten Hauses trat, sah ich über dem Herd eine Pfanne mit regelmäßigen runden Vertiefungen hängen. Die ist zum Eierbraten, dachte ich und wollte das, da gerade Ruhe herrschte, gleich einmal versuchen. Ich besorgte mir ein paar Eier, entfachte ein Feuer im Herd und ließ die Eier in die Pfanne gleiten. Als sie in den Vertiefungen kaum zu stocken begannen, fing plötzlich das Schießen wieder an. Der Schornstein meines Hauses bekam einen Treffer, und aus war es mit den gebratenen Eiern, die ganze Pfanne war voll Dreck. Anscheinend waren die Russen doch dichter hinter uns gewesen, als wir geglaubt hatten, oder sie waren durch den Rauch aus meinem Schornstein aufmerksam geworden.

Das war schon mein zweites verunglückter Versuch mit Eiern. Beim ersten Mal hatte ich in einer Gefechtspause drei Eier gefunden und wollte die schnell im Kochgeschirr hart kochen. Als aber das Wasser gerade zu brodeln begonnen hatte, kam der Befehl zum Aufsitzen. Ich schreckte die Eier ab und steckte sie in die Hosentasche, in der Annahme, sie seien bereits hart. Beim ersten Antraben wurde es allerdings warm in meiner Hosentasche – Rührei. Das war vielleicht eine Schweinerei.

Angesichts der Schrecken des Krieges erscheint es dem unbeteiligten Leser vielleicht merkwürdig, daß Berichte über Nebensächlichkeiten oder kuriose Einzelheiten oft viel Raum einnehmen. Aber es ist wohl eine Art Selbstschutz des Menschen, das Grauen zu verdrängen, weil man sonst von den schlimmen Erlebnissen überwältigt wird. Ich habe mich zumindest immer bemüht, diese kleinen „normalen" Dinge wahrzunehmen, um damit mir selbst zu helfen, die Zeit zu überstehen.

Die deutschen Truppen eroberten Stuhlweissenburg, blieben aber vor Budapest stecken. Die Panzerkräfte der Roten Armee waren uns an Zahl zu sehr überlegen. Zwar hatten wir die besseren Panzer, aber am Schluß fehlte uns auch der Sprit. Daher wurden die verbliebenen Panzer eingegraben, so daß sie auf diese Weise ihre Feuerkraft noch einsetzen konnten. Wenn die letzte Munition verschossen war, wurden sie gesprengt,

Reiter Regiment 41 Süd

und die Besatzungen versuchten sich in Sicherheit zu bringen. Der Rückzug verlief entlang des Plattensees bis südlich von Graz.

Kapitulation

Zwei Tage vor der Kapitulation lösten wir uns von der Front, um gegen die Amerikaner zu kämpfen, die aus Italien vorrückten. In Wirklichkeit war das nur eine Absetzbewegung, um nicht in russische Gefangenschaft zu kommen – es ist uns geglückt.

An der Mur trafen wir auf die Engländer. Unserem Ia-Oberstleutnant Schwerdtfeger, der sehr gut englisch sprach – seine Mutter soll Engländerin gewesen sein –, verdankten wir, daß die ganze Division in englische Gefangenschaft ging. Wir brachten ein letztes Mal uns, unsere Pferde und das Gerät, so gut es ging, in Ordnung und zogen mit der voll ausgerüsteten Division, mit etwa 10.000 Pferden, darunter Schwadronen mit den schon erwähnten Berberhengsten, Hannoveranern und Trakehnern über eine Brücke der Mur. Unser Regimentskommandeur nahm zusammen mit einem britischen Major den Vorbeiritt ab. Man merkte den Engländern an, daß sie so etwas zuvor noch nicht gesehen hatten.

Kriegsgefangen bei den Amerikanern

Nach dem Vorbeiritt gerieten die einzelnen Schwadronen der Division in eine gewisse Auflösung, weil man nicht genau wußte, wohin die einzelnen Truppenteile gebracht werden sollten. Mit zwei Kameraden nutzte ich die allgemeine Verwirrung und setzte mich ab. Zum einen wollten wir soviel Distanz wie möglich zwischen uns und die Sowjets bringen, zum anderen wußten wir schließlich auch nicht, was die Briten mit uns vorhatten. Über die Hohen Tauern kamen wir bis nach Abtenau am Dachstein. Dort schnappten uns die Amerikaner. Erstaunlicherweise durften wir trotz der Gefangennahme zunächst unsere Pferde behalten und konnten uns weiterhin frei im Dorf bewegen, nur raus durften wir nicht. Ich kam mit einem Bauern über mein Pferd ins Gespräch und merkte, wie sehr es ihm gefiel. Da sein Hof einen guten Eindruck machte und er ein zusätzliches Pferd sicherlich gut gebrauchen konnte – er und seinesgleichen hatten zuvor ihre Tiere häufig an die Truppe abgeben müssen –, überließ ich es ihm mit Sattel und Zaumzeug. Im Gegenzug bekam ich dafür Brot, Schmalz und einige andere Dinge, die für das tägliche Leben wichtig waren.

Sicherlich wenig genug für ein gutes Kavalleriepferd, aber mir wäre es von den Amerikanern ohnehin abgenommen worden, und so war mit meinem Tausch beiden Seiten geholfen.

Wir wurden in der Tat nach einigen Tagen auf LKWs geladen und über Kitzbühl und Klagenfurt nach Deddendorf bei Rosenheim gefahren.

Dort wurde ein Entlassungslager aufgebaut für Offiziere, die in einem ehemaligen RAD-Lager untergebracht waren.

Ich wurde mit vier anderen Soldaten und einem Oberleutnant v. Quandt bei einem sehr wohlhabenden Bauern untergebracht. An dessen Hof schien der Krieg spurlos vorübergegangen zu sein, es gab alles, was das Herz begehrte, in Hülle und Fülle. Zumindest für den Bauern, seine Familie und seine Leute. Zur Essenszeit umhüllten uns Düfte, wie sie aus der Küche eines Fünf-Sterne-Hotels nicht appetitlicher hätten kommen können. Wir Soldaten allerdings bekamen unsere Verpflegung mehr schlecht als recht aus einer Feldküche. Nach zwei Tagen meinte Oberleutnant Quandt, das müsse aufhören, und zwar schnellstens. Wir beratschlagten, was zu tun sei und hatten schließlich eine Idee, die erfolgversprechend erschien: Wir beschlossen, unabhängig von unserer eigenen Konfession die katholische Messe in der Dorfkirche zu besuchen. Zwei von uns gingen um 6 Uhr zur Frühmesse, zwei waren in der Mittagszeit dran, die verbliebenen zwei Kameraden beschlossen den Tag artig mit der Abendmesse. Und siehe da, von nun an wurden wir praktisch zu jeder Mahlzeit des Tages eingeladen. Der liebe Gott wird uns unser Tun wohl vergeben haben.

Unser anfangs recht unkonventionelles Gefangenendasein wurde mit der Zeit in regulärere Bahnen gelenkt. So mußten jetzt auch die Offiziere ihre Waffen abgeben, Pistolen vom Kaliber 6,3; 7,5 oder die 08. Ich wurde ausersehen, die eingesammelten Handfeuerwaffen zur Kommandantur ins etwa zwei Kilometer entfernte Dorf zu bringen, und zwar mit dem Fahrrad. Ich verstaute sie also, so gut es ging, am Lenker oder auf dem Gepäckträger und machte mich auf den Weg. Der Weg zum Dorf führte über eine Brücke, die von Amis eher nachlässig bewacht wurde. Unter ihnen war ein Texaner, der sich die Zeit damit vertrieb, auf Flaschen und Dosen zu ballern. Als er meine Pistolen sah, war er hell begeistert und hätte sie am liebsten alle behalten. Das ging natürlich nicht, ich mußte ja etwas abliefern, aber nach einigem Gefeilsche schlossen wir einen für beide Seiten befriedigenden Handel ab: pro Pistole eine Stange Zigaretten. Er bekam also seine Pistolen, ich einiges an Zigaretten, damals für uns Deutsche die wichtigste „Währung" überhaupt, für die man praktisch alles andere eintauschen konnte. Die restlichen Pistolen lieferte ich getreulich in der Sammelstelle ab, ohne daß die Anzahl überprüft oder beanstandet wurde.

Das einzige, was ich dem texanischen Waffennarr nicht besorgen konnte, war die bewußte „08", eine große Armeepistole, die nur Frontoffiziere getragen hatten. Damit hätte ich sicherlich noch bessere Geschäfte machen können.

Entlassung aus der Kriegsgefangenschaft

Eines Tages wurde bekannt gemacht, daß bestimmte Kriegsgefangene als erste entlassen werden. Das waren die, die vor dem Kriege Berufe ausgeübt hatten, welche auch jetzt wieder für die Versorgung der Bevölkerung von Bedeutung waren: Bergleute zum Beispiel, Eisenbahner oder Landwirte. Von Stund an war ich Landwirt, was bei meiner Herkunft aus dem Agrarland Mecklenburg letztlich gut möglich war, zudem war ich immerhin der Neffe eines Landwirts, und mit Pferden konnte ich selbstverständlich umgehen. So kam ich bereits im Juni 1945 frei.

Wir wurden wieder auf LKWs verfrachtet, und ab ging die Post über München nach Nürnberg. Dort fuhren wir auf das Gelände, auf dem vor dem Krieg die Reichsparteitage abgehalten worden waren, um zu tanken. Mir fielen fast die Augen aus dem Kopf: Das ganze ehemalige Aufmarschgelände der NSDAP war ein einziges Nachschublager, es gab zum Beispiel kaum überschaubare Mengen von Treibstofftanks. Unser Fahrer, ein Farbiger, hielt an einem Stapel großer Kanister, füllte den Tank und nahm noch einige Kanister zusätzlich mit. Danach ging es ohne Lieferschein oder Quittung weiter – bei uns in der Wehrmacht wäre das undenkbar gewesen. Der Fahrer meinte achselzuckend, bei den Engländer gebe es schließlich nichts.

Über leere Autobahnen und Landstraßen fuhren wir an einem Tag nach Höxter. Von da aus ging es mit einem Kohlenzug in eineinhalb Tagen auf den Kohlen nach Hamburg, wo wir nach der Fahrt wie die Neger aussahen. In Hamburg wohnte in der praktisch unzerstörten Osterbeckstraße in Uhlenhorst eine Großtante von mir, eine Schwester von Oma Luise. Zu der fuhr ich und war mit meinem Seesack voll mit Zigaretten und Lebensmitteln vermutlich nicht unwillkommen. Ich blieb, bis die Vorräte aufgebraucht bzw. gegen andere wichtige Dinge eingetauscht waren, danach ging ich auf Arbeitssuche.

Zuerst fuhr ich nach Bad Oldesloe, wo ich in einer Ziegelei hätte anfangen können, aber diese Art Arbeit war nichts für mich. Also zurück nach Hamburg und in die andere Richtung nach Elmshorn. Dort auf dem Arbeitsamt sah es schon besser aus. Als ich dem Beamten auf seine Fragen nach dem Wie und Was einiges über mich erzählte, meinte er, da ich von der Reiterei käme, hätte er etwas für mich in Neuendorf in der Marsch, circa 7 Kilometer von Elmshorn entfernt. Da gebe es einen Großbauern namens Thormählen, dessen im Krieg gefallener Sohn Rittmeister und Ritterkreuzträger gewesen sei. Ich fuhr also hin und blieb auf diesem Hof bis März 1946. Es war eine schöne Zeit, auch weil sich bei Thormählen eine bunte und interessante Gesellschaft zusammengefunden hatte.

Erste Nachkriegsmonate in der Marsch bei Elmshorn

Der Bauer hieß in der ganzen Gegend nur Claus-Leutnant. Den 1. Weltkrieg hatte er als Leutnant überstanden und war im vergangenen Krieg Hauptmann und Deichgraf gewesen. Zu seinem Hof gehörte ein Oberleutnant, der ein landwirtschaftliches Praktikum machen mußte, damit er danach auf die Hamburger Universität gehen konnte, ein deutscher Polizist aus Radum in Polen, zwei Flüchtlingsfamilien aus Ostpreußen, drei Nachrichtenhelferinnen („Blitzmädchen") und drei Lehrlinge aus dem Dorf. Nun kam noch ich dazu.

Mein Bett stand zusammen mit drei anderen in einer Kammer, die von der Diele abging. Sie hatte keinen Ofen, dafür aber im Winter Eiskristalle an der Decke und den Wänden. Kein Wunder, daß ich wenig Neigung verspürte, dort öfter als unbedingt nötig zu schlafen. Das obere Stockwerk bot bessere Möglichkeiten, aber die Treppe hinauf quietschte und knarrte fürchterlich – so nahm ich eine Ölkanne und beseitigte alle Geräuschquellen, um in ein wärmeres Quartier zu kommen.

Sonntags war bis zur Polizeistunde um 22 Uhr Tanz im Dorfkrug. Drei Musiker, Geige, Akkordeon und Schlagzeug spielten auf, es war ganz wunderbar. Wenn wir dann heimkamen, machten wir eine „Hafenrundfahrt" durch die Milchkammer, was allerdings ziemliche Folgen hatte. Erstens konnte man die Menge der abgetrunkenen Milch an dem Rand in der Kanne erkennen, zweitens tropfte es vorbei, und drittens stimmte bei der Kontrolle der Fettgehalt nicht mehr. Wir hatten aber Glück, denn die Frau des Schweizers, er war noch nicht aus dem Krieg zurückgekommen, hatte Verständnis für uns. Sie stellte eine Kanne extra hin, die sie morgens um 6 Uhr gleich über die Stallgasse wegschleppte. Kein Rand also, keine verräterischen Tropfen auf dem Boden und korrekter Fettgehalt, wir aber konnten trotzdem unser Quantum an leckerer frischer Milch mit einer dicken Sahneschicht obendrauf genießen.

Natürlich wäscht eine Hand die andere, und so fragte sie uns eines Tages, ob wir ihr nicht ein paar Gänseeier besorgen könnten. Sie würde uns dafür pro Stück zwei Hühnereier braten, die wir auf unserem Weg zum Saubermachen der für die Marsch typischen Gräben bei ihr verspeisen könnten. Das war ein Angebot.

An einem Freitag hatte ich die Aufgabe, den Misthaufen militärisch, das heißt, an allen Seiten lotrecht, aufzubauen. Von der einen Seite konnte ich direkt in den Schweinestall gucken und sah dort in der Ecke auf einem Haufen Stroh eine Gans sitzen. Während ich noch hin und her überlegte, wie es anzustellen sei, unauffällig an ein Ei zu kommen, verging die Zeit. Nach ungefähr zwei Stunden kam Claus-Leutnant vorbei und fragte, wie lange ich mich noch an der Arbeit festhalten wollte. Nun wurde es also höchste Zeit. Ich flitzte in den Stall hinüber, packte die Gans am Hals – vorsichtig, damit sie mich nicht beißen konnte –, hob sie hoch und wollte ein Ei unter ihr hervornehmen. Was dann passierte, war in punkto Lautstärke eine mittlere Katastrophe. Die Gans machte einen Krach, daß ich dachte, das ganze Dorf müßte zusammenlaufen. Ich tastete trotzdem nach meinem Ei, und siehe da, es waren noch zwei weitere vorhanden. Gänse decken ihre Eier ab, das war neu für mich.

Trotz des wilden Gänsegeschreis gab es keinen Aufruhr auf dem Hof, so daß ich meinen Teil des Handels erfüllen und im Gegenzug gebratene Hühnereier genießen konnte. Selten haben mir Eier so gut geschmeckt.

Eines Tages wurden die Schafe geschoren. Das Scheren wurde von extra dazu angestellten Leuten besorgt, aber mir traute man immerhin zu, die Wolle korrekt zu wiegen. Während ich damit beschäftigt war, kam eine der Flüchtlingsfrauen mit ihren zwei Kindern dazu und fragte, ob ich auch genau wiege. Das wiederholte sie einige Male eindringlich, bis bei mir endlich der Groschen fiel. Von da an notierte ich pro Schaf 50 bis 100 Gramm weniger. Die gewogene Wolle wurde auf dem Boden gelagert, von wo dann wohl ein bißchen abgezweigt wurde für Kindersocken, ohne daß eine Differenz zu dem von mir aufgeschriebenen Gewicht entstand.

Direkt hinter dem Deich gab es Marschgelände, dessen Gräben von allen gemeinsam instand gehalten wurden. Auch Bauer Thormälen hatte zwei Leute abzustellen, um das Hauptfleet sauberzumachen. Mit speziell dazu gefertigten Kleispaten verteilten wir den Aushub als Dünger auf den anliegenden Flächen. Das linke Feld gehörte dem Bäcker, das rechte dem Gastwirt. „Wenn ihr bis Sonnabend fertig werdet, gebe ich Kuchen aus", versprach der Bäcker, „und ich den Kaffee", ließ sich der Gastwirt nicht lumpen.

Am Sonnabend sagte Claus-Leutnant zu mir, ich brauchte nicht mehr hin, die würden auch ohne mich an diesem Tag fertig. Ich wollte aber durchaus wegen des versprochenen Kaffees und Kuchens. Wir waren fünfzehn Mann, und für alle gab es Blechkuchen: erst drei Bleche, dann zwei und noch ein weiteres. Als wir gerade dabei waren, die letzten Krümel zu vertilgen, brachte der Bäcker zwei neue Bleche Nachschub, und auch darauf stürzten wir uns mit ungebrochenem Eifer. Neben mir saß ein alter Tagelöhner, der mich bereits seit einiger Zeit aufmerksam beobachtet hatte. Schließlich nahm er seine Pfeife aus dem Mund und sagte bedächtig: „Na, min Jung, Du häst wohl all lang keen Koken mehr kreegen?" „Nee, wieso?" fragte ich zurück. „Nehm mi dat man nich öbel", versetzte er, „ick heff mittellt, Du büst nu bi fiefundtwinnig Stück!"

Es war wirklich eine schöne Zeit bei Claus-Leutnant, indes natürlich nichts für immer. Aber sicherlich konnte man die Hungerjahre am besten beim Bauern überbrücken.

Wieder zu Hause

Es gab keinen besonderen äußeren Anlaß, der bewirkt hätte, daß allmählich das Gefühl immer stärker wurde, ich müßte endlich wieder nach Hause, nach Rostock, zurückkehren, es war einfach so.

Ich bereitete mich auf die Abreise vor, indem ich unter anderem meine Wehrmachtssachen bewußt in Hamburg zur Aufbewahrung ließ, verabschiedete mich von vertraut gewordenen Menschen und überschritt Ende März in einer dunklen Nacht bei Schlutup die Demarkationslinie – genauso vorsichtig, als wenn es ein Spähtruppunternehmen im Krieg gewesen wäre.

Was dieser Grenzübertritt in einer nebligen und kalten Frühlingsnacht für mein weiteres Leben bedeuten sollte, konnte ich zu dem Zeitpunkt natürlich nicht ahnen. Wenn ich es heute zu beschreiben versuche, muß ich sagen, ich kam von einem milden Sommerregen in Schleswig-Holstein in eine eiskalte mecklenburgische Traufe.

Zunächst war natürlich unser aller Freude groß, wieder wohlbehalten beieinander zu sein. Meine Mutter, meine Schwester und Oma Luise hatten den Krieg mit seinen entsetzlichen Luftangriffen gut überstanden. Das Haus, in dem wir seit 1930 wohnten, hatte auch nach den Angriffen im April 1942 keine Schäden mehr abbekommen, während das Nebenhaus und der Reitstall hinter unserem Haus und ganze Straßenzüge in der näheren Umgebung zerstört waren. Viele Bekannte, die es als Soldat Gott – weiß wohin verschlagen hatte, waren schon wieder da. Aber mancher war auch nicht zurückgekommen. Von einigen wußte man, daß sie gefallen waren, andere wurden vermißt, befanden sich vielleicht in russischer Gefangenschaft.

Trotz allen Leides, das man zu verarbeiten hatte, begann für die Menschen der Alltag wieder – ein mühsamer Alltag.

Ich mußte mich auf dem Arbeitsamt melden, weil ich sonst

natürlich die dringend notwendigen Lebensmittelkarten nicht bekommen hätte, das war in Rostock nicht anders als im Westen. Gute Arbeit zu bekommen, war aber mühsamer. Es gab damals für mich nur zwei Alternativen: Uran-Bergwerk in Aue im Erzgebirge oder Rostocker Hafen. Zwar wußte ich 1946 natürlich noch nicht, welche Gesundheitsschäden jahrelange Arbeit mit unzureichendem Arbeitsschutz in Uran-Bergwerken bei Menschen anrichten, aber daß ich nicht unter Tage arbeiten wollte, war mir von Beginn an absolut klar. Außerdem wollte ich, nachdem ich endlich mit meiner Familie vereint war, nicht sofort wieder weggehen. So blieb also nur der Hafen.

Im Rostocker Hafen

Der ganze Hafen war mit einem Bretterzaun eingeschlossen, der von Wachtürmen gekrönt und von Russen scharf bewacht wurde. Die Zeitungen berichteten in jenen Monaten ausführlich und mit vielen Bildern über die KZ-Bauten des Dritten Reiches – das Gebiet des Rostocker Hafens nahm sich ganz ähnlich aus. Wer das Gelände betreten oder verlassen wollte, konnte dies nur mit eigens dazu ausgestelltem und schärfstens kontrolliertem Ausweis, dem Propusk, tun. Es gab verschiedene Farbstreifen pro Schicht, aber auch Papiere, die für alle Tageszeiten galten. So einen hatte ich.

Unter den Arbeitern waren alle Berufe vertreten, vom Professor bis zum einfachsten Arbeiter. Etwa zehn Prozent der Belegschaft waren echte Schauerleute. Die nahmen meistens uns Junge mit auf die Schiffe, um die Fracht richtig zu verstauen.

Verladen wurde alles und jedes, was es in der sowjetisch besetzten Zone (SBZ) am Ende des Krieges noch gab. Die Sowjets plünderten die SBZ nach allen Regeln der Kunst: von

Braunkohle über Maschinen, optische Geräte, Zinn, Kupferbarren bis zu Zement und Zucker. Gestaut wurde auf finnische Schiffe, meistens 3000-Tonner. Diese Transportleistung stellte die finnische Reparation gegenüber der Sowjetunion dar. Kohle allerdings wurde mit kleinen Kümos nach Schweden geschafft, das waren separate Geschäfte der Russen mit Schweden: deutsche Braunkohle gegen schwedische Devisen in sowjetische Kassen.

Die Arbeit im Hafen war schwer. Wenn Zucker dran war, hatte man auf dem Buckel Zwei-Zentner-Säcke vom Schuppen auf einem wackeligen Steg aus Planken über die Geleise hinweg zur Pier zu schleppen. Ab da traten zwei Dampfwinschen in Aktion. Die eine hievte die auf Taue geschichteten Säcke hoch, die andere zog sie über die jeweilige Luke des Frachters, wo beide zugleich die Ladung in den Schiffsraum hinunter absenken mußten. Das ging nicht immer ganz synchron ab, und dann kippte die ganze Ladung über Bord ins Hafenwasser. Die Aufpasser tobten natürlich. Trotzdem war man ganz froh, wenn man hier und da den weniger kräftezehrenden Job an der Winde innehatte.

Die altgedienten Schauerleute allerdings waren eher an der Schlepperei interessiert. Sie hatten nämlich gesteppte Anzüge an und ein kurzes, dünnes Rohr bei sich. Das rammten sie mit einem kaum sichtbaren, aber energischen Handgriff in die Zuckersäcke und ließen sich bzw. ihr intelligent genähtes Arbeitszeug auf diese Weise sukzessive „vollaufen". Die russischen Wachen waren nicht intelligent oder nicht aufmerksam genug, um zu erkennen, daß so mancher Arbeiter schlank auf die Arbeit kam und rund wieder nach Hause ging.

Im Endeffekt verlängerten sie damit freilich die Reparationspflicht, denn nicht die im Hafen von Rostock deklarierte Fracht war das Leistungssoll, sondern das, was bei der letzten Zählstelle ankam. In Rostock durch Schauerleute abgezweigte Mengen stellten aber noch den kleinsten Teil der Transportverluste dar. Viel schlimmer war das Unvermögen und die Gleichgültigkeit der russischen Seite.

Die Verladung von Zucker zum Beispiel in den typischen Jutesäcken wäre bei uns sofort gestoppt worden, wenn zu hohe Luftfeuchtigkeit durch Nebel oder Nieselregen die Ware zu schädigen drohte. Wir aber mußten selbstverständlich weitermachen – raboti, raboti, Soll aus Nazi-Deutschland muß erfüllt werden. Im Zielort Riga hat man dem Vernehmen nach die Zuckersäcke selbst bei Landregen einfach auf die Pier geworfen. Mag es stimmen oder nicht, auf jeden Fall ist höchstens die Hälfte der verladenen Güter am Ende dort angekommen, wo sie hin sollte.

Letzteres dürfte, vielleicht abgesehen vom Zucker, jedoch nicht an der Überwachung im Rostocker Hafen gelegen haben. Dort wurde akribisch kontrolliert. In der Regel standen ein Russe und ein Deutscher gemeinsam vor dem Schiff und paßten höllisch auf. Verzählte sich einer von ihnen oder waren sie verschiedener Ansicht über die Menge verladener Güter, wurde das Schiff halt wieder ausgeladen. Und sei es nur, weil eine Schraube gefehlt hätte. Manchmal waren in Kisten statt der ursprünglich verpackten Photoapparate allerdings auch Backsteine, und dann stimmte das Gewicht.

Koordinator-Expedient bei der DERUTRA

Nach zwei Monaten Knochenarbeit im Hafen hatte ich die Nase voll. Arbeiten wollte und mußte ich natürlich, nur nicht unbedingt bei den Stauern. Aber auch im Nachkriegs-Rostock gab es so etwas wie Beziehungen, und so kam ich in die Spedition der DERUTRA, der Deutsch-russischen Transport AG, die es auch vor 1933 bereits gegeben hatte.

Dort wurde ich als Koordinator-Expedient für den reibungslosen Ablauf und die Bereitstellung der Waggons zur Entladung eingesetzt. Wir arbeiteten zu dritt im Schichtdienst 24 Stunden lang und hatten danach 48 Stunden frei.

Unser „Chef" damals war Georg Skadding, der vor dem Krieg Direktor der Baltisch-britischen Reedereigesellschaft gewesen war. Er war auch jetzt noch eine imponierende Erscheinung, gertenschlank und vorzüglich gekleidet in einen grauen Anzug, darüber den schwarzen Mantel mit Samtkragen, auf dem schmalen, gutgeformten Kopf einen Homburg. Es fehlte auch nicht ein zusammengerollter Schirm, und so ging er selbstbewußt und völlig unangefochten – selbst von den Russen – durch den Hafen.

Unsere Arbeit war in der Regel von viel Hektik bestimmt. Wir standen mit der Eisenbahndirektion in Schwerin in enger Verbindung – es gab sogar eine eigene Telephonverbindung namens „Basa" – und hatten oft über dreißig Züge aus ganz Mecklenburg zu koordinieren. Auch daran läßt sich ermessen, was alles schon in dieser frühen Phase aus der SBZ gen Osten geschafft worden ist.

Manche Züge allerdings sind bereits unterwegs „entladen" worden. Besonders die offenen Waggons mit Briketts. Selbst in der kurzen Wegspanne zwischen Güterbahnhof und Hafen wurden die Transporte erleichtert, wer hätte es der notleidenden Bevölkerung auch verdenken wollen, es war eben eine wilde Zeit.

Die Russen hatten einen Teil dieser „Spontanentladungen" selbst ermöglicht. Sie hatten nämlich alle zweigleisigen Bahnstrecken auf ein Gleis reduziert, um die abmontierten Schwellen und Schienen in die Sowjetunion abzutransportieren. So mußten gelegentlich Demontagezüge auf Nebengeleise umgeleitet werden, damit der restliche Transport weiterlaufen konnte. Stand so eine Umleitung unmittelbar bevor, tutete der Lokführer anhaltend, und das war für die Menschen das Zeichen, im günstigsten

Falle sogar mit Pferd und Wagen dorthin zu kommen und mit der Versorgung für eigene Zwecke zu beginnen. Das, obwohl bekannt war, daß man vor eines der Militärtribunale der Sowjets kommen konnte, wenn man geschnappt wurde.

Durch Frachtbriefe und Begleitpapiere waren wir im übrigen über die Inhalte der Transporte, also auch über alles, was verschwand, bestens informiert. Ich wußte daher genau, daß die Plünderung unserer Heimat sozusagen nach wissenschaftlichen Maßstäben vor sich ging, wenn auch das eine oder andere (siehe oben) gegen die Absicht der Sieger dennoch im Lande blieb.

Trotzdem war die Zeit für mich nicht schlecht. Man kam in unserer Stellung mit vielen der Schiffskapitäne in Kontakt und besorgte das eine oder andere für sie, zum Beispiel Kofferschreibmaschinen der Marke „Erika", optische Geräte oder Schmuck. Im Gegenzug bekamen wir von ihnen Zigaretten, Seife, Leder für Schuhe, Kleiderstoffe und was sonst knapp war. Zigaretten war im harten Winter 1947 die wichtigste Währung. Man konnte sie für 10 Reichsmark pro Stück verkaufen. Es läßt sich also mühelos vorstellen, was derjenige, der über ein Stange Zigaretten verfügte, alles an lebensnotwendigen Gütern heranschaffen konnte.

Das Verhältnis zu manchen der Kapitäne wurde so gut, daß wir sogar zusammen in unserem Haus feierten. Eßwaren und Getränke wurden von ihnen mitgebracht, Mutter, meine Schwester und ich mußten nur den Rahmen gestalten.

Einer der schwedischen Kapitäne, Alan Persson, hat mir einmal Leder für Schuhe mitgebracht: Laufsohle, Brandsohle und Oberleder, so daß ich ausgerechnet in der schweren Zeit damals zu von Meister Bull, erstes Geschäft vor Ort, handgenähten Schuhen kam.

Das Leben normalisiert sich

So begann man sich trotz aller Schwierigkeiten in Rostock erneut einzuleben. Es wurden die ersten Tanzlokale aufgemacht, die „Libelle" zum Beispiel, wohin wir fast täglich gingen. Meine alte Tanzschule richtete sogar ein Tanzturnier aus, an dem ich zusammen mit meiner Freundin Sanni teilnahm und sogar einen dritten Platz erreichte. Auch das Leben an der Universität begann wieder, und zwar nicht nur die Vorlesungen und Seminare, es wurde auch gefeiert. Jeder, der halbwegs gesund zurückgekommen war, hatte nach den harten Jahren voll Leid und Entbehrung den dringenden Wunsch nach Zerstreuung und Fröhlichkeit. So war auf den vielen Festen in der Mensa immer eine ganz ausgezeichnete Stimmung. Alles ging sehr ungezwungen zu, man kam in den Klamotten, die man gerade trug, wer etwas hatte, brachte zu essen oder zu trinken mit. Unsere Verbindung zur Uni war sozusagen doppelt begründet. Zum einen zogen zwei Studenten, Ulli aus Berlin und Goggi aus Halle, als Untermieter bei uns ein, zum anderen verlobte sich Ulli mit meiner Schwester.

Im Sommer 1947 kam Martha, Sannis Mutter, auf eine blendende Idee. Sie meinte, wir könnten doch für die ganze Korona eine ganze Pension oder ein kleines Hotel in Warnemünde für den Sommer mieten. Gesagt, getan. Ulli und Goggi waren auch dafür, und so zogen Martha und ich nach Warnemünde, um ein Sommerquartier zu suchen.

Am alten Strom wurden wir fündig und mieteten das ganze Haus mit seinen fünfzehn Zimmern. Wir bezahlten sofort in bar für die Monate April bis Oktober und gaben noch etwas Kaffee und Zigaretten dazu. Besonders damit waren wir die besten Gäste, die sich ein Wirt überhaupt vorstellen konnte. Für uns war die Regelung gleichfalls vorteilhaft, und so haben wir mit unserer Korona einen wunderbaren Sommer mit viel Sonne dort verbracht. Für mich lohnte es sich ganz besonders, denn ich hatte ja nach meiner Schicht immer zwei Tage frei.

All das hätte allerdings ohne Martha nie so gut geklappt. Sie war damals quasi die Herrscherin von Rostock. Ihr kaufmännisches Talent in Handel und Organisation hätte glatt vier Juden oder zwei Armenier in den Schatten gestellt. Sie konnte praktisch alles beschaffen. Selbst einen D-Zug hat sie durch ihre Überzeugungskraft einmal zum Halten gebracht. Das stimmt tatsächlich, so unglaublich es auch klingt, aber ich habe diese Geschichte selbst miterlebt und kann daher aus erster Hand berichten.

Martha ging in Warnemünde am Zug entlang bis zur Lok, einer großen 01 oder 03, auf jeden Fall einem Riesending. Sie schaute angelegentlich nach oben, und siehe da, der Lokführer beugte sich geschmeichelt aus seinem Fenster und meinte: „Na, junge Frau, eine schöne Lok, was?" „Ja", sagte Martha, „sie hält nur nicht da, wo ich will!" Dann fragte sie den Lokführer übergangslos, ob er rauche. Er antwortete: „Natürlich", aber es gebe ja nichts. Wie durch Zauberei hatte Martha plötzlich eine Zigarre in der Hand, eine Kuba von einem schwedischen Schiff, und reichte sie lockend nach oben. Der Mann auf der Lok staunte nicht schlecht und griff zu. Dann fragte er beiläufig, wo sie denn hin wolle. Martha, ganz Bescheidenheit und Zurückhaltung, erzählte, sie müßte nach Lichtenhagen zwischen Warnemünde und Rostock, ob er nicht ein bißchen langsamer fahren könnte, dann würde sie abspringen.

Bei seiner Ehre gepackt, oder dem, was er angesichts der begehrten Zigarre dafür hielt, meinte er, das sei zu gefährlich, aber er könnte ja ganz kurz einmal halten. Sie vereinbarten, daß Martha an der ersten Tür stehen würde. Die Lok kam quietschend für höchstens zwei Sekunden zum Stehen, der Lokführer sah, daß sich Martha wohlbehalten über die Stufen auf den Bahndamm hinuntergehangelt hatte und fuhr wieder an. Ähnliches dürfte weder vorher noch nachher innerhalb eines regulären Fahrplans passiert sein, und es konnte auch nur im Zusammenhang mit der unvergleichlichen Martha geschehen.

So spielte sich unser Leben ab, es war sehr bunt, und nicht immer war alles legal, was wir taten. Aber wir kamen durch, weil es stets etwas zu tauschen gab. Wer aber wirklich nichts hatte, vor allem nicht das Talent zum Handeln und Besorgen, der konnte förmlich verhungern.

Politisierung

Neben den Dingen des täglichen Lebens, der Arbeit und den Festen geriet auch allmählich wieder etwas in unser Bewußtsein, was viele von uns unabsichtlich, manche aber auch aus voller Überzeugung verdrängt hatten: den Sinn fürs Politische. Besonders die Älteren verkündeten gefragt und ungefragt, daß sie nie wieder mit Politik und Parteien zu tun haben wollten, dazu seien sie zu sehr enttäuscht und verraten worden. Wir Jungen haben ihnen vielleicht nicht laut widersprochen, aber in uns sah es doch ein wenig anders aus.

Insbesondere der Umgang mit Goggi, Student der Volkswirtschaft, dem angehenden Juristen Ulli und ähnlich gesinnten Studenten brachte mit sich, daß häufig politisiert wurde. Dadurch entstanden erste Kontakte zur Ost-FDP, der LDP, bei der ich schnell erkennen konnte, daß meine liberalen Auffassungen nicht immer erwünscht waren. Viele der LDP-Vertreter hatten sich bereits sehr willfährig an die Wünsche der Besatzungsmacht angepaßt.

Goggi betätigte sich auch als Reporter und hatte dadurch Beziehungen zum Ostbüro der FDP in Berlin. Er ging bald, genauso wie später Ulli, nach Westberlin an die Freie Universität.

Unsere freundschaftlichen Beziehungen erhielten wir aber aufrecht, und so kam auch ich im damals noch ungeteilten Berlin in Kontakt mit dem Ostbüro der FDP.

Einmal besuchte ich Goggi in seinem möblierten Zimmer bei einer Magistratswitwe in Schöneberg. Die alte Dame pflegte lebhaften Anteil an der politischen Entwicklung zu nehmen und ermahnte uns an diesem Tag eindringlich, auf jeden Fall an einer Kundgebung vor dem Reichstag teilzunehmen. Es gehe um die Freiheit Westberlins.

So standen wir am 9. September 1948 gemeinsam in einer gewaltigen Menge vor dem Reichstag und hörten mit Begeisterung die Rede von Ernst Reuter. Es waren Zigtausende von Menschen, die dicht an dicht standen, soweit das Auge reichte. Und das war weit genug, denn im Tiergarten stand damals kaum noch ein Baum. Was nicht dem Krieg zum Opfer gefallen war, hatten die Berliner in den kalten Wintern in ihren Öfen verfeuert. Man konnte also vom Reichstag aus bis zum Lehrter Bahnhof und dem Bahnhof Zoo gucken.

Die Stimmung in der Menge war aufgeheizt. Seit Juni blokkierten die Sowjets die Zugänge nach Berlin, so daß die Versorgungslage immer schwieriger wurde. Eigentlich hatten viele von uns zumindest gehofft, insgeheim vielleicht sogar erwartet, daß die Westalliierten die Erpressungsversuche der Sowjets nicht hinnehmen und weiter nach Osten vordringen würden, in die Gebiete, die sie bei Kriegsende bereits besetzt hatten und die sie erst später der Roten Armee überlassen hatten. Aber dem war nicht so, daran änderten noch so machtvolle Demonstrationen und flammende Reden nichts. Zwar war die technische Leistung der Alliierten zur Versorgung der Stadt bis zum Ende der Blokkade im Mai 1949 gewaltig und sicherlich anerkennenswert, zumal es auch Opfer dabei gegeben hat, am politischen Status der Stadt hat es indes nichts geändert.

Später ist häufig darüber diskutiert worden, ob nicht gerade in diesen Monaten, in denen nicht nur die Zivilbevölkerung nach dem Krieg ausgebrannt und ermüdet war, sondern auch die sowjetischen Truppen angesichts ihrer nicht gerade vorzüglichen Versorgungs- und Befehlsstruktur, ein beherzter Vorstoß gegen Osten das Richtige gewesen wäre.

Die Sowjets waren noch weit davon entfernt, eine Atommacht zu sein und hätten auch im konventionellen Bereich den Alliierten wenig entgegenzusetzen gehabt. Die Lage der damals noch nicht strikt geteilten, aber bereits in West- und Ostsektor unterschiedenen Stadt hätte möglicherweise mit einem Schlag geklärt werden können; zumal noch nicht deutlich verfestigt war, daß Berlin einmal die Hauptstadt eines zweiten deutschen Staates werden würde.

Die Alliierten allerdings, insbesondere die mittlerweile deutlich dominierenden US-Amerikaner, waren zu solchem Vorgehen nicht bereit, entweder weil sie ihrerseits den neuerlichen – wenn auch begrenzten – Waffengang fürchteten, oder weil sie die künftige Teilung in kommunistische und westliche Hemisphäre zu dem Zeitpunkt noch nicht in der gegebenen Klarheit voraussahen. Wenig später, nach der Gründung der sogenannten „DDR", war es ohnehin vorbei mit derartigen Überlegungen. Stalins „Angebot" einer Vereinigung der beiden deutschen Staaten dürfte nur zu Bedingungen möglich gewesen sein, die der Westen nicht hätte akzeptieren können. Der Aufstand des 17. Juni 1953 zeigte dann deutlich, daß der Westen nicht eingreifen würde, ebenso ging es mit den Krisen und Aufständen der folgenden Jahre in Polen, Ungarn und schließlich der Tschechoslowakei. Spätestens nach dem Bau der Mauer im Jahre 1961 war jedem in der Welt klar, daß der Osten brutal schalten und walten konnten, wie er wollte.

Erst vierzig Jahre nach der Blockade von Berlin brachen andere Zeiten an.

An diesem 9. September vor dem Reichstag aber mochte sich

kaum einer der politischen Kraft der Demonstration entziehen. Es wollte wohl auch keiner von uns. In unserem Freundeskreis wurde in der Folgezeit zunehmend heftiger diskutiert, und wir besuchten immer wieder Veranstaltungen.

Wir hörten auch Kurt Schumacher, der überzeugend darlegte, man müsse bereits den Anfängen der Diktatur entgegentreten. Besonders seine leidenschaftlichen Bekenntnisse zur Demokratie beeindruckten mich.

Meine Erfahrungen und bewußten Erlebnisse aus der letzten Phase vor 1939 und die Kriegszeit selbst hatten natürlich Spuren bei mir hinterlassen, wobei sich mir manche Vorkriegsbegebenheit erst aus der Rückschau erschloß. Ich konnte jetzt auch meinen Vater in seiner frühen Abneigung gegen die Nationalsozialisten und Hitler richtig verstehen, nachdem ich vorher seine Ansichten vor allem als die eines überlegenen Erwachsenen respektiert hatte.

Auf jeden Fall beschloß ich für mich, daß ich diesmal meinen Teil gegen das Wiedererstarken eines Zwangssystems leisten wollte. Denn daß das, was sich in jener Zeit in der sowjetisch besetzten Zone entwickelte, nicht auf eine Demokratie hinauslaufen würde, konnte, wer hinschaute, bereits damals sehen. Auch wenn es sich später selbst als „Deutsche Demokratische Republik" schon mit dem Namen zu adeln versuchte und von manchen westlichen Sozialromantikern, die sich mit der grauen Praxis nicht herumzuschlagen brauchten, auch als wahrhaftige Demokratie gegenüber dem verabscheuungswürdigen Kapitalismus gepriesen wurde.

Ich fuhr damals sehr oft nach Berlin zu Goggi. Dadurch wurden auch meine Kontakte mit dem FDP-Ostbüro enger, und eines Tages wußte ich, was ich tun würde.

Mittlerweile hatte ich einen ganz guten Überblick darüber, was allein aus dem Rostocker Hafen in die Sowjetunion geschafft worden war, ich wußte schließlich über die Ladung praktisch jeden Waggons Bescheid. Ich konnte mir auch vorstellen, welchen Aderlaß das wirtschaftspolitisch für das ohnehin zerstörte Gesamtdeutschland bedeuten mußte. Also teilte ich den Gesprächspartnern, die ich im FDP-Ostbüro von Westberlin gefunden hatte, möglichst detailliert mit, welche Güter in welcher Menge auf die Frachter gelangten. Das Interesse an meinen Berichten war beachtlich, ich hatte auch immerhin einiges zu erzählen. Die Organisation Gehlen begann ebenfalls aufmerksam zu werden. Ich erhielt bei denen sogar einen Decknamen, ich war „Hansen". Sanni hat mich Jahre später nach meiner Haftentlassung darauf hingewiesen, ich solle diese Verbindung nicht herausstellen, sonst könnte man mich als berufsmäßigen Spion eingruppieren.

So lieferte ich über Monate Details über die deutschen „Reparationsleistungen" an die Sowjetunion, die man zutreffender totale Ausplünderung durch die UdSSR hätte nennen müssen.

All das hatte jedoch eines Tages ein plötzliches Ende. Ich geriet nämlich in die Schußlinie des NKWD. Später erfuhr ich, daß man durch einen Artikel in einer Westberliner Zeitung auf mich aufmerksam geworden war. Darin war vom Ausverkauf der SBZ über den Rostocker Hafen in die UdSSR berichtet worden. Offenbar gab es schon in jenen ersten Jahren nach dem Krieg, in denen der Normalmensch von morgens bis abends mit der mühseligen Bestreitung seines eher kargen Lebensunterhalts beschäftigt war, einige besonders Berufene, die statt dessen westliche Zeitungen nach der Tätigkeit potentieller Staatsfeinde durchforsteten. Daß ich nach diesem Artikel mit meiner Tätigkeit im Rostocker Hafen und den gleichzeitigen Kontakten nach Westberlin NKWD-Auswertern vielleicht hätte auffallen können, wäre im Nachhinein vielleicht verständlich gewesen. Das tatsächliche Geschehen war, wie ich viel später erfuhr, indes unangenehmer: Ein deutscher Arbeitskollege war

NKWD-Spitzel und hatte seinen Auftraggebern von meinen häufigen Besuchen bei Goggi und Horst in Westberlin berichtet. Danach mußte der NKWD freilich aufmerksam werden.

So kam der 2. April 1949 heran, und damit änderte sich mein Leben zum zweiten Mal innerhalb weniger Jahre radikal. An diesem Tag landete ich nämlich im NKDW-Gulag – bis ich am 7. November 1956 nach siebeneinhalb langen Jahren wieder entlassen wurde.

Auf dem Weg in den Gulag

Zwei Tage, nachdem wir den Geburtstag meiner Mutter gefeiert hatten, teilte mir mein Chef mit, daß ich am nächsten Tag um 7 Uhr mit einem sowjetischen Offizier zur Eisenbahndirektion nach Schwerin fahren sollte. Ich war pünktlich um 7 Uhr vor der Firma und wurde dort von zwei sowjetischen Offizieren nach meinem Namen gefragt. Nachdem sie sich von meiner Identität überzeugt hatten, wurde ich aufgefordert, in eine EMW-Limousine (bis 1945 BMW, dann Eisenacher Motorenwerke) einzusteigen, was ich zunächst nichtsahnend tat. Wir fuhren am Hafen entlang und bogen zum Doberaner Platz ab. Von dort ging es aber nicht weiter Richtung Schwerin, sondern zum Hauptbahnhof. Ich machte die beiden Offiziere darauf aufmerksam, daß das falsch sei, nach Schwerin gehe es dort nicht. Aber sie antworteten nur, es müsse noch einer zusteigen.

Am Hauptbahnhof machte der Wagen einen Schlenker um die Straßenbahninsel, und dann ging es über den Schillerplatz weiter in die Graf-Schack-Straße. Schon als wir zum Schillerplatz abbogen, wußte ich, was die Stunde geschlagen hatte: Wir fuhren in das abgesperrte NKWD-Areal. Ich überschlug blitzartig, was ich bei mir hatte – Brieftasche, einen Terminkalender mit Geburtsdaten meiner Freunde, einige Adressen ... alles ganz normale Notizen, wie ich dachte, nichts Belastendes. Ich blieb also ziemlich ruhig.

Die Graf-Schack-Straße war damals eine ruhige Villenstraße in der Steintorvorstadt. Dieses Gelände hatte sich der sowjetische Geheimdienst als Residenz ausgesucht und natürlich nach außen hermetisch abgeschottet. Wir fuhren auf das Gelände einer Villa, die mit einem hohen Holzzaun umgeben war, das Untersuchungsgebäude, wie sich später herausstellte.

Zunächst wurde mir mitgeteilt, ich sei nur zu einer Überprüfung da, und es wurde auch keine Gewalt angewendet. Zwar wußte ich zu dem Zeitpunkt nicht, was der NKWD unter „Überprüfung" verstand, und mir war vorerst auch nicht klar, warum ich festgesetzt worden war; aber für mich sah alles sehr bald wie ein „ganz normales" Verhör aus. Ich mußte alle Taschen leeren, Armbanduhr und Brieftasche abgeben. Danach hatte ich jede Seite meines Kalenders zu unterschreiben, und am Abend wurde ich peinlichst gefilzt. Alles wurde mir abgenommen: Gürtel, alle Knöpfe aus Metall, sogar die mit Stoff überzogenen, die damals zur Unterwäsche gehörten. Danach kam ich in eine provisorische Zelle, eine Waschküche ohne Fenster, darin nur eine Holzpritsche mit Wolldecke.

In der kurzen Zeitspanne, in der ich den Offizieren vielleicht noch hätte glauben können, daß man mich wirklich nur überprüfen wollte, ereignete sich im übrigen ein merkwürdiger Zufall. Das NKWD-Quartier war wie gesagt eine ganz normale, großbürgerliche Villa, etwas verwinkelt, mit Zimmern, die durch Flure und Türen miteinander verbunden waren. Als man mich in meinem Raum für kurze Zeit allein ließ, oder auch nur eine Pause in der Befragung eingetreten war, ich weiß es nicht mehr, hörte ich von nebenan oder über den Flur zu meiner Überraschung Marthas Stimme. Also hatte man auch sie festgesetzt. Ich war geschockt, und meine Bestürzung steigerte sich noch, als ich hörte, daß über mich gesprochen wurde. Im Nachhinein wurde mir klar, daß Martha mich zu entlasten versuchte. Sie erzählte nämlich gerade, daß der Jürß zwar organisiert, aber nicht spioniert habe. Viel mehr habe ich von dem Gespräch nicht mitbekommen. Nachdem ich vorher überhaupt keine Ahnung hatte, warum ich festgenommen worden war, dämmerte mir nun allmählich, was möglicherweise auf mich zukommen könnte.

Aus der Rückschau allerdings muß ich sagen, daß ich mir bei aller Beunruhigung, die mich jetzt erfaßt hatte, an diesem 2. April 1949 nicht annähernd vorstellen konnte, was in den nächsten Monaten und Jahren mit mir geschehen würde.

In welcher Verfassung ich die Nacht verbracht habe, daran kann ich mich nicht mehr genau erinnern, aber an Schlaf war kaum zu denken. Am nächsten Morgen wurde als feudales Frühstück ein Kanten Brot gereicht. Mittags gab es dünne Kohlsuppe, kaum zu genießen, und am Abend wieder Brot, diesmal eine etwas dickere Scheibe. Dazu zum Trinken einen Becher Tee oder Kaffee, die sich nicht wesentlich unterschieden, da sie ohnehin fast nur aus verfärbtem Wasser bestanden.

Und dann begannen die Verhöre richtig. Insofern war der erste Tag tatsächlich nur eine Art „Überprüfung" gewesen. Verhört wurde meist nachts. Ganz bewußt begannen die Vernehmer am Abend um etwa 21 Uhr und machten fast die ganze Nacht durch. Am Tag danach durfte man sich nicht hinlegen und schon gar nicht schlafen. Zudem brannte in der Zelle die ganze Zeit eine 100-Watt-Birne. So verlor man schnell die Zeitrechnung und war zu allem anderen auch noch desorientiert. Später erfuhr ich am eigenen Leibe, daß die Stasi das, was damals der NKWD an den ersten Häftlingen vorexerzierte, sehr schnell abgeschaut und womöglich noch perfektioniert hat.

Ich wurde über alle Menschen ausgefragt, mit denen ich in irgendeiner Weise zu tun hatte, über Arbeitskollegen aus dem Hafen, über die Freunde, mit denen ich meine Freizeit verbrachte, über den Bekanntenkreis meiner Schwester. Die Fragen nach dem Hafen und meinen studentischen Freunden kamen immer wieder, so daß sich langsam herauskristallisierte, um was es gehen würde – um die Informationen, die ich dem FDP-Ostbüro in Berlin über die Ausplünderung Deutschlands durch die Sowjets verschafft hatte. Damit nahm die Gefahr, in der ich mich befand, für mich langsam Gestalt an, und gleichzeitig wurde mir auch der Wert von Marthas Aussage deutlich, ich hätte nur Waren organisiert, aber nicht spioniert. Von meinem Organisationstalent wußten Freunde, Familie und viele Bekannte natürlich, sie hatten schließlich mit mir zusammen davon profitiert. Aber daß ich Details über die Verladungen im Hafen nach Westberlin weitergegeben hatte, konnte eigentlich – wenn überhaupt – nur Goggi wissen. Und der hatte sich schon ein halbes Jahr vorher, nach den ersten Studentenverhaftungen, von der Rostocker Universität an die Freie Universität nach Berlin abgesetzt. Also war er in Sicherheit. Aber die anderen befanden sich noch in Rostock: Ulli, Sanni, Horst, meine Mutter und meine Schwester.

Für mich war es also das Wichtigste, die Freunde und die Familie auf keinen Fall in irgendeiner Weise zu belasten, so daß die NKWD-Leute nicht auf die Idee kommen würden, daß mir einer von ihnen bei der Informationsbeschaffung oder der Weitergabe geholfen hätte. Das war meine größte Sorge.

Später erfuhr ich, daß auch Ulli, unser anderer Untermieter, nach meiner Verhaftung nach Westberlin ging und dort weiterstudierte. Meine Schwester wurde in Schwerin und in Rostock mehrere Male vernommen und setzte sich danach gleichfalls vorsorglich nach Berlin ab.

Schlimm traf es Sanni und Horst, die am selben Tage wie ich verhaftet wurden, allerdings in einer anderen Sache. Sie wurden beide verurteilt und kamen für sechs Jahre in den Gulag nach

Workuta. Sie haben es aber überstanden. Frei kamen sie durch Adenauers Intervention in Moskau.

Horst ging übrigens später zur Bundeswehr und wurde Militärattaché.

Das alles erfuhr ich indes teilweise erst nach meiner Entlassung siebeneinhalb Jahre später, einiges konnte mir meine Mutter erzählen, als sie mich nach ungefähr vier Jahren in der Strafanstalt Torgau das erste Mal besuchen durfte.

Natürlich hätte es für mich eine Erleichterung bedeutet, zu wissen, daß meine Mutter unbehelligt geblieben war, und daß sich Ulli und meine Schwester dem Zugriff des NKDW entziehen konnten. Aber es hätte mich andererseits auch schwer bedrückt, wenn ich von Sannis und Horsts Schicksal erfahren hätte, denn angesichts ihrer Verhaftung am selben Tag hätte ich sicherlich angenommen, daß das mit meinem Fall zu tun gehabt hätte. Daß Martha offenbar nur relativ kurz in der Villa im Steintor-Vorstadtviertel vernommen wurde, war am erstaunlichsten, da doch Sanni gerade verhaftet worden war. Auch Martha floh unmittelbar nach den Verhaftungen mit ihrem Mann und der anderen Tochter nach Westberlin.

So war die Unwissenheit über das Ergehen der mir nahe stehenden Menschen zugleich Qual und Schonung.

Die Verhöre der nächsten drei Monate in der Graf-Schack-Straße waren schlimm. Nach den ersten Tagen hatte sich eine Art negativer Routine herausgebildet: Das stets unzureichende Essen mit wenig Brot und dünner Suppe blieb zuverlässig schlecht, zur Toilette durfte man nur jeweils einmal morgens und abends. Die Verhöre begannen weiterhin am Abend und erstreckten sich meist über die ganze Nacht, so daß der Schlafentzug des folgenden Tages einen immer mehr zermürbte. Es gab nur den Wechsel zwischen Verhör und der Einzelhaft im dauerbeleuchteten Keller, an die Luft kam man nie, das Zeitgefühl war nach wenigen Tagen völlig durcheinander. Zudem sah man außer den Vernehmern keinen anderen Menschen. Wurde man zum Verhör gebracht, schlugen die Aufseher an die Gitter in den Treppenaufgängen, wenn ein anderer Häftling entgegenkam. Dann mußte man sich mit dem Gesicht zur Wand hinter eine Tür stellen, bis der Mitgefangene vorübergegangen war. Eine Kontaktaufnahme irgendeiner Art war nicht möglich. Die Isolierung war damit total und sehr belastend.

Später wurde das System „verbessert", indem man Drähte an den Wänden entlang legte und Lampen aufleuchten ließ, wenn jemand anderer den Gang entlang kam. Das lernte ich in Schwerin kennen.

Hatte ich meine Verhaftung und die ersten Tage noch ohne Gewalt erlebt, so änderte sich auch das nach kurzer Zeit. Wenn die Vernehmer oder die Dolmetscherinnen unzufrieden mit einer Antwort waren, setzte es Tritte und Prügel. Die NKWD-Männer schlugen zu, sowie ihnen etwas nicht paßte. Manchmal waren die Schläge so hart, daß mir der Kopf gegen die Wand flog und noch zusätzliche Beulen entstanden. Die Übersetzerinnen reagierten mit schmerzhaften Fußtritten gegen die Schienbeine. Ein Offizier, ein erstaunlich gut deutsch sprechender russischer Jude, hatte eine besondere Methode. Er schlug mich mit einem hölzernen Lineal immer wieder auf den Kopf und meinte dazu höhnisch: „Wie sagt man auf Deutsch: Leichte Schläge auf den Hinterkopf erhöhen das Denkvermögen."

Wann immer mich dieser Offizier vernahm, hatte ich hinterher tagelang starke Kopfschmerzen.

Anlässe für ihre gezielten Gewaltausbrüche fanden unsere Peiniger immer wieder. Man kann auch sagen, daß sie die Verhöre bewußt so führten, daß aus ihrer Sicht Prügel unvermeidlich waren.

Dieselben Vorgänge und Abläufe wurden nämlich immer und immer wieder abgefragt: „Wann fuhrst du nach Berlin? Wann kam der Transport mit Maschinen im Hafen an? Wann hat der

Frachter den Hafen verlassen? Wem hast du von der Ladung erzählt? Welche Verbindung hast du mit dem Kapitän X gehabt? Hast du XY mit Details über den Transport versorgt? Du hast dich doch am 12. April mit deinem Freund in Westberlin getroffen. Wie oft warst du seit März in Berlin?"

Solche und andere Fragen wurden immer neu kombiniert, so daß sich selbst ein im Vollbesitz seiner Kräfte befindlicher Mensch hätte vertun und widersprechende Angaben machen können.

Wenn man sich aber wie ich bereits seit zwei Wochen in Isolierhaft befand, unter andauerndem Schlafentzug litt und miserabel zu essen bekam, waren Fehler und Verwechslungen unvermeidlich. Jeder dieser Fehler wurde mit Prügel und Tritten bestraft.

Um den dauernden Mißhandlungen wenigstens gelegentlich zu entgehen, hatte ich mir ein System zurechtgelegt, um Daten möglichst genau in der Erinnerung zu behalten: Zum Beispiel 12. April ist vierter Monat mal drei. Es half aber nicht viel, Prügel setzte es trotzdem mit schöner oder eigentlich weniger schöner Regelmäßigkeit.

Die Protokolle wurden sämtlich auf Russisch geschrieben, und jede Seite mußte von dem Häftling unterschrieben werden. Keiner von uns hatte Russischkenntnisse in dem Ausmaß, daß er gewußt hätte, was er da unterschreibt bzw. ob er das, was er mit seiner Unterschrift bestätigte, überhaupt gesagt hatte. Der NKWD hatte also auch dadurch die Möglichkeit, einem Abweichungen und Fehler vorzuwerfen.

Welchen Wert diese Befragungen für die Sowjets gehabt haben, ist bei allem unscharf geblieben. Um Sabotage im Hafen ging es nicht. Aber meine Westkontakte waren ihnen natürlich ein Dorn im Auge. Möglicherweise sollte auch Material für künftige Schauprozesse zur Diffamierung Westdeutschlands gesammelt werden. Oder es ging einfach um die Abschreckung anderer junger politikbewußter Menschen.

Am Demmlerplatz in Schwerin

Nach ungefähr drei Monaten wurde ich von Rostock nach Schwerin verlegt. Gegen Mittag holten mich NKDW-Aufseher aus meiner Zelle, mir wurden Handschellen angelegt, und man verfrachtete mich in einen PKW mit verhängten Fenstern. Ich hatte also praktisch keine Möglichkeit, mich zu orientieren, aber schließlich stellte sich heraus, daß ich nach Schwerin in das Gerichtsgebäude am Demmlerplatz gebracht worden war. Der Baukomplex ist bereits in den Jahren von 1914 bis 1916 errichtet worden und hat stets als Amts-, Lands- und Schwurgericht gedient. Im Dritten Reich hielten die Nationalsozialisten hier ihre Sondergerichte ab und bedienten sich natürlich auch des angegliederten Gefängnistraktes.

Nach 1945 mußten die deutschen Behörden ihre Amtszimmer räumen, und die Sowjets quartierten sich statt dessen ein: der Geheimdienst und die sowjetischen Militärtribunale (SMT).

Am Demmlerplatz angekommen, steckte man mich wieder in eine Einzelzelle, die Verhöre gingen weiter, ebenso die Mißhandlungen, und das Essen war auch nicht besser.

Nach ungefähr zwei Monaten wurde ich in eine andere Zelle verlegt, in der sich bereits vier oder fünf Männer befanden, später kam ich in eine noch größere Zelle mit zwölf Mithäftlingen. Das waren zwei zusammen gelegte Zellen, deren Zwischenmauer durchbrochen war, so daß die Fläche etwa acht mal vier Meter betrug. Die Einzelhaft und das fürchterliche Gefühl der Isolierung hatte also ein Ende.

Das war eine große Erleichterung, aber dafür gab es neue Negativerfahrungen. Es wurde zum Beispiel erzählt, wie es anderen Gefangenen erging. Einer mußte im Keller stundenlang nackt in einem Käfig ausharren („Wasserkarzer") und wurde immer wieder mit kaltem Wasser begossen. Dazu standen die Fenster offen, obwohl es draußen bereits kalt zu werden begann. Nach solchen und ähnlichen Prozeduren war fast jeder bereit, alles zu unterschreiben, was man von ihm verlangte, und die Furcht, gleiches erleben zu müssen, war eine zusätzliche Belastung.

Die natürlich ebenfalls stets zur Nachtzeit stattfindenden Verhöre in Schwerin waren so angelegt, daß sie kurz vor der Essensausgabe begannen. Wenn man dann übermüdet, ausgelaugt und demoralisiert in den Zellentrakt zurückkam, fand man gegen vier Uhr morgens statt der dünnen, aber immerhin warmen Suppe nur noch kaltes Wasser vor.

Anfangs wurde man jeden Tag bzw. jede Nacht verhört mit den beschriebenen Folgen von Schlafentzug und noch mangelhafterem Essen, als man es ohnehin bekam. Später lagen Pausen von drei bis vier Wochen zwischen den einzelnen Terminen. Das Abholen zu den Verhören lief immer nach dem gleichen Muster ab. Die Zellentür wurde vom Wachtposten geräuschvoll aufgeschlossen, Riegel knallend zurückgeschoben, und dann stand ein weiterer Russe in der Türöffnung, der in die Zelle hinein fragte: „Kak tebja familia?" Zu Deutsch: „Wie lautet der Familienname?" Man hatte sich entsprechend zu melden, und dann hieß es: „Walter Jürß, dawai, Ruckie nasat ... schnell, die Hände zurück!"

So froh ich einerseits über die Aufhebung der Einzelhaft war, brachte auch das Zusammenleben mit anderen Männern unter den primitiven Verhältnissen seine Probleme. Seine Notdurft mußte man zum Beispiel in einen Kochtopf oder einen Eimer verrichten, dessen Deckel oft nicht richtig schloß, so daß in der Zelle ein übler Gestank herrschte. Toilettenpapier, welcher Art auch immer, gab es nicht. Duschen war in dieser Zeit nicht möglich, auf jeden Fall habe ich es nicht erlebt. Auch Zahnpflege war nicht zu verwirklichen, höchstens konnte man sich den Mund mit einem Rest Wasser ausspülen. Der totale Mangel an Körperpflege hat unsere Lebenswirklichkeit noch schlimmer gemacht.

Das Essen war und blieb ein Problem: immer schlecht und immer zu wenig. Abweichungen waren eine Sensation. So stand einmal eine Ärztin bei der Essensausgabe mit einem Tablett, das mit einem weißen Handtuch zugedeckt war. Darunter lagen grüne Gurken, die in halbe Zentimeter starke Scheiben geschnitten waren, die noch einmal halbiert wurden. Sie gab jedem von uns ein Stück und meinte dazu: „Das ist Vitamin." Ob das höhnisch oder tatsächlich ernst gemeint war, weiß ich nicht, aber jeder von uns hat seine halbe Scheibe „Vitamin" langsam und vorsichtig zerkaut, damit man so lange wie irgend möglich etwas davon hatte.

Einer unserer Zellengenossen war ein ehemaliger Malermeister aus Königsberg mit Namen Genée. Die Ärztin mit den Gurken zeigte im Umgang mit ihm ein gewisses menschliches Interesse und fragte ihn, ob er von Hugenotten abstammte. Als er das bejahte, strahlte sie vor Stolz über ihr Wissen. Von diesem Zeitpunkt an bekam er immer einen halben Schlag extra in seinen Suppennapf.

Genée seinerseits erwies sich mir gegenüber als sehr freundlich. Er selbst war bereits an die 70 Jahre alt und mahnte mich, der ich fast ein halbes Jahrhundert jünger war als er, ich müsse unbedingt durchhalten. Ich wog damals bei einer Größe von 1,85 cm nur noch etwa 60 kg und sah entsprechend elend aus. Um mir trotz seiner eigenen trostlosen Lage zu helfen, gab er mir immer den Suppenrest aus seinem Topf. Ich war ihm sehr dankbar.

Trotzdem erlebte ich gerade durch die praktizierte Nächstenliebe dieses Mannes eine schlimme Zeit. Er war schon Wochen vor mir mit einem Transport nach Bautzen verlegt worden, und als ich selbst im November dort eintraf, habe ich mich sofort nach ihm erkundigt. Auf meine Fragen erhielt ich schließlich die Auskunft, er sei unmittelbar nach seinem Eintreffen mit offener TBC in einen Sonderbau verlegt worden. Das war für mich natürlich in verschiedener Hinsicht eine niederschmetternde Auskunft. Zum einen tat er mir unendlich leid, da bereits die „normalen" Haftbedingungen einen Menschen seines Alters an den Rand des Grabes bringen konnten, zum anderen waren seine Überlebenschancen mit offener TB noch einmal deutlich geringer. Der dritte Aspekt betraf dann mich selbst: Wieviel Chancen hatte ich, an einer TB vorbeizukommen, da ich doch wochenlang mit ihm aus demselben Topf gegessen hatte?

Ich erzählte dem Häftlingsarzt, was los war, und der ordnete sofort eine Röntgenuntersuchung an. Sicherlich nicht, weil ihm meine Gesundheit so sehr am Herzen lag, sondern weil die Anstekkungsgefahr unter unseren primitiven Lebensverhältnissen natürlich enorm war und sich selbst das menschenverachtende kommunistische Regime eine Epidemie nicht leisten wollte oder konnte.

Die eine Woche, bis der Krankheitsbefund vorlag, war für mich absolut zermürbend. Aber ich hatte Glück im Unglück. Es lag nur eine sogenannte „Streifenbildung", also eine schwächere Form der Erkrankung vor. Trotzdem dauerte es ein gutes halbes Jahr, bis ich schließlich wieder ganz ohne Befund war.

Die Vernehmungen in Schwerin verliefen im großen und ganzen nach demselben Muster wie vorher in Rostock, aber es gab doch einige Besonderheiten. So mußte ich bei den Verhören in der Regel die ganze Zeit stehen, was bei meinem schlechten Allgemeinzustand eine zusätzliche Belastung war. Einmal schlug mich dabei ein Offizier völlig unmotiviert in den Magen, so daß ich wie ein Taschenmesser zusammenklappte und erst einmal liegen blieb.

Bei anderen Verhören passierte überhaupt nichts. Man stand da und wurde weder angesprochen noch befragt. Der Vernehmer las die Prawda, und die Dolmetscherin manikürte ihre Fingernägel. Ab und zu öffnete der Offizier eine Schublade seines Schreibtischs, spuckte hinein und schloß sie wieder.

Es konnte aber auch geschehen, daß urplötzlich Bewegung in die Szene kam. Es gab nämlich einen hausinternen Nachrichtendienst, der meldete, wenn der ranghöchste Offizier, ein Generalmajor, das Haus betrat. Dann flog alles in die verschiedenen Schubladen, was nicht auf den Tisch gehörte, und das Brüllen und die Schläge begannen wieder. Kam der General in das Vernehmungszimmer, sprang alles auf und machte Meldung. Der hörte eine Weile bei den Verhören zu und verschwand in aller Regel so nach fünf bis zehn Minuten wieder. Dann entspannte sich auch die Lage im Zimmer, die Zeitung wurde erneut hervorgeholt, und es trat wieder eine relative Ruhe ein.

Schlimm wurde es, wenn man für „Sondermaßnahmen" in die unteren Räume oder den Keller geschafft wurde. Es gab zum Beispiel einen Stehkarzer, den ich am eigenen Leibe erlebt habe. Nach vorn war er mit einer Tür abgeschlossen und bot gerade den Raum von Höhe, Breite und Tiefe einer Türleibung, nach hinten war er zugemauert. Man mußte sich dort hineinstellen, konnte aber nicht einmal aufrecht stehen, weil man ein Brett über den Kopf geschoben bekam. Wenn nach Stunden in dieser Haltung auf allerengstem Raum die Tür wieder geöffnet wurde, brach der Häftling natürlich völlig verkrampft und entkräftet zusammen.

Mit einem unserer Leidensgenossen hatten sich die NKDW-Schergen ein besonders perfide Quälerei ausgedacht. Man brachte ihn im Keller in eine besondere, mit Holz ausgeschlagene Zelle, in der Einschußlöcher und rote Flecken auf dem Boden und an der Wand zu sehen waren. Was vorher wirklich in der Zelle geschehen war, wußte er zwar nicht sicher, aber was er dachte, war klar. Zumal er sich auf den Boden vor die Wand knien mußte und der vernehmende Offizier ihn bedrohte, er würde ihn erschießen, wenn er nicht endlich die Wahrheit sage. Dabei lud er seine Pistole durch. Der bedauernswerte Häftling brach zusammen und wurde daraufhin ohne Rücksicht auf seinen Zustand zittern und kreidebleich zurück in unsere Zelle geworfen. Obwohl wir alle schon so manches erlebt hatten, waren wir angesichts dieses Vorfalls entsetzt und schockiert.

Eines Tages kam ein völlig zerlumpter Eisenbahner aus Berlin zu uns in die Zelle. Der war in der NKDW-Marinestelle in Rostock in die Hände von asiatischen Sowjetsoldaten geraten, die dort Dienst taten.

Das war eine finstere Bande, vor der man bereits Angst bekam, wenn man sie nur sah.

Um ihn zusätzlich zu schikanieren, hatten sie seine ohnehin nicht mehr besonders gut erhaltene Hose und Jacke praktisch gekocht und dann mit zwei Leuten ausgewrungen. Danach war keine Naht mehr ganz und kein Knopf mehr an seinem Platz.

Sein Weg ins Gefängnis war typisch für die herrschende Willkür. Er stammte aus Polen, und in der Familie wurde auch Russisch gesprochen. Er wurde daher als Dolmetscher am Stettiner Bahnhof in Berlin eingesetzt. Seine Tochter hatte einen russischen Soldaten kennengelernt und war mit ihm nach Schweden durchgebrannt.

Wenn Offiziere diesen Mann nach Zügen fragten, gab er Auskunft, so gut er konnte, aber er konnte schließlich nicht wissen, wo sie genau hinwollten, und so kam es, daß bei den damaligen Zuständen mancher tagelang unterwegs war. Deshalb gab es dann wahrscheinlich Krach und Strafen bei der jeweiligen Einheit, und einer der Russen verprügelte den Dolmetscher fürchterlich, als er wieder in Berlin war.

Danach fragte er immer genau, wo der einzelne Soldat hinwollte, und wurde daraufhin der Spionage zur Erkundung von

Truppenteilen beschuldigt. Wir beschworen ihn, sich dagegen zu verwahren. Aber nachdem er das zunächst versucht hatte, gab er trotzdem klein bei. Er war nämlich wieder in die Hände der Mongolen geraten, und die hatten ihm gedroht, sie würden in mit nach Rostock nehmen, wenn er weiter leugne und dort in einem Sack in der Warnow ersäufen, da würde kein Hahn nach ihm krähen. Weil er ihnen das nach seinen ersten Erfahrungen zutraute, gab er also versuchte Spionage zu. Er wurde zu 25 Jahren Zwangsarbeit verurteilt.

Ein anderer Häftling, der die obligaten 25 Jahre aufgebrummt bekam, war ein Mann namens Pfaffenzeller aus Hagenow. Auch er ist mir als Persönlichkeit im Gedächtnis geblieben.

Eines Tages in der Schweriner Zeit im Sommer 1949 ging die Zellentür auf und hereingestoßen wurde ein alter Mann, der zwei Brote und ein Stück Butter in den Händen hatte. Kam er uns schon mit diesen Delikatessen in seinem Besitz fast wie eine wunderbare Erscheinung vor, steigerte sich unsere Dankbarkeit ihm gegenüber noch, als er sofort alles brüderlich mit uns teilte. Das tat er freilich auch, weil er glaubte, höchstens zwei Tage bei uns in der Zelle verbringen zu müssen.

Pfaffenzeller war ein SPD-Mann fast der ersten Stunde, sozusagen sozialdemokratisches Urgestein. Er war seit 1895 Mitglied der SPD und hatte schon 1905 für die erste russische Revolution gesammelt. Nach dem Ersten Weltkrieg war er für die Stadtverwaltung tätig, wurde aber 1933 von den Nationalsozialisten entlassen. Allerdings hatte er das Glück, daß sein Gehalt bis 1945 weitergezahlt wurde, er war sozusagen suspendiert worden. Nach dem Zweiten Weltkrieg gründete er in Hagenow einen neuen SPD-Ortsverein und wurde in die Stadtvertretung gewählt.

Als jedoch die Zwangsvereinigung von SPD und KPD zur SED in Szene gesetzt wurde, verweigerte sich der überzeugte Sozialdemokrat. Er wurde lediglich Mitglied des FDGB. Sein Ruf in Hagenow war nicht nur unter SPD-Mitgliedern ausgezeichnet. So hatte er den Vorschlag der sowjetischen Kommandantur abgelehnt, in die beschlagnahmte Villa eines NSDAP-Genossen zu ziehen und war auch in seiner sonstigen politischen Tätigkeit niemals auf persönliche Vorteile bedacht. Das machte natürlich Eindruck bei anderen Hagenowern, und so konnte die SED dort nicht recht an Boden gewinnen. Pfaffenzeller trat nicht bei, also taten es auch die anderen nicht. Dafür gewann der FDGB immer mehr Mitglieder, es bildete sich eine Art Nebenorganisation zur SED. Das konnte dem zuständigen Politkommissar nicht verborgen bleiben, und nachdem er sich bei dem SED-Vorsitzenden über die Zusammenhänge der Entwicklung kundig gemacht hatte, war die Entscheidung klar. Das war das Ende für einen alten SPD-Mann und Patrioten.

Er wurde, wie es üblich war, am Morgen von einem NKDW-Offizier zum Protokoll nach Schwerin abgeholt. Dem sowjetischen Offizier, der Pfaffenzeller aus dessen Arbeit im Magistrat kannte, war offenbar selbst nicht ganz wohl bei der Aktion. Er entschuldigte sich sogar bei ihm und gab ihm die Brote sowie die Butter, da er meinte, es könne etwas länger dauern.

Uns hat er damit eine unverhoffte Freude bereitet. Für Pfaffenzeller bedeutete die Festnahme 25 Jahre Bautzen gem. § 58 Abs. 10 „Antisowjetische Propaganda". Ob er die Zeit überlebt hat, ist mir nicht bekannt.

Ein ähnlich schlimmes Schicksal, wenn auch vor anderem Hintergrund, ist mit dem Namen Baumbach verbunden. Als ich ihn im NKDW-Gefängnis in Schwerin kennenlernte, muß er Ende sechzig gewesen sein. Er kam aus Wismar und dürfte dort bis hinab zu den Schulkindern fast jedem Menschen bekannt gewesen sein, denn er fuhr bis zum Krieg einen Bäderdampfer zur Insel Poel. Kapitän Baumbach trug einen Tirpitzbart, der sein ganzer Stolz war. Ob er nur durch seine äußere Ähnlichkeit mit dem berühmten kaiserlich-preußischen Großadmiral aufgefallen war, ist mir nicht bekannt. Aber jedenfalls gab es eine Hausdurchsuchung bei ihm, und dabei fand man eine Reichskriegsflagge aus dem Ersten Weltkrieg und eine Originalkarte von der Skagerak-Schlacht, die er noch aus seiner Zeit als Deckoffizier auf dem Linienschiff „Prinz Luitpold" aufbewahrt hatte.

Militärisch war sie nach 1945 – und auch bereits vorher – ohne jeden Wert. Aber Fahne und Karte reichten aus, um ihn zu 15 Jahren zu verdonnern, auch er kam nach Bautzen.

So lernte man unter denkbar schlechten Umständen die verschiedensten Menschen kennen. Durchschnittliche Charaktere waren darunter, aber auch außergewöhnliche Menschen, deren Bekanntschaft noch im Knast ein Gewinn war.

Böse Erlebnisse indes hatte man in allen Gefängnissen von Anfang an mit den Kalfaktoren. Um selbst Vergünstigungen zu erhalten, spielten sie sich als brutale Aufpasser auf und waren häufig zudem noch Spitzel.

Um halbwegs heil durchzukommen, mußte man sich also schnellstens in die katastrophalen Verhältnisse zurechtfinden. Mir kam dabei die Lebensweisheit eines Zellengenossen zugute, der schon bei den Nazis im KZ gewesen war und sich wahrhaftig auskannte. Er sagte zu mir auf Platt: „Min Jung, stell di nie in dat erste oder letzte Glied, dat kann tödlich sin. Wenn du aber in de Mitt steihst, is immer een vör di und een achter di, denn is de nächste Schlach nur noch half so dull."

Eine in der Rückschau äußerst belastende Sache in Schwerin war, daß ich bis zum Sommer 1950, als ich bereits in Bautzen war, mit niemandem draußen Kontakt aufnehmen konnte. Meine Mutter wußte bis zu diesem Sommer nur, daß mich die Russen hatten, sonst nichts. Erst nach mehr als einem Jahr dort durfte ich überhaupt einen ersten Brief von gerade fünfzehn Zeilen schreiben. Vorher und über diese Zeilen alle drei Monate hinaus gab es für keinen von uns Papier oder Bleistift. Nach diesem ersten Brief erhielt ich endlich Post von meiner Mutter, auch ein Bild von ihr und von meiner Schwester. Der ging es mittlerweile besser. Das Foto zeigte sie beim Wintersport in den Dolomiten.

Vor dem Militärtribunal

Nach rund sieben Monaten Verhören und immer wieder Verhören, Schikanen, Schlägen, Tritten, Hunger, Haft in Einzelzellen und mit anderen zusammen kam der Tag, an dem ich vor ein sowjetisches Militärtribunal gestellt wurde. Es war der 7. Oktober 1949. Der erste Prozeßtag war auch gleich der letzte, denn ich wurde in wenig mehr als der Zeit, die man brauchte, um die Anklage zu verlesen, nach § 58 Abs. 6 des sowjetischen Strafgesetzbuches wegen Spionage zu 25 Jahren Arbeitslager verurteilt, antisowjetische Propaganda nach § 58, 10 wurde fallengelassen.

Das Tribunal bestand aus einem Staatsanwalt, einem Richter, zwei Beisitzern und dem Dolmetscher, alle waren Russen. Daß es um Spionage gehen sollte, habe ich erst am Tage der Verhandlung erfahren. Ich habe sofort Einspruch gegen den Anklagegegenstand eingelegt, denn ich war mir keiner Spionagetätigkeit bewußt. Aber natürlich hat das keinen Deut Eindruck auf das Gericht gemacht. Nach der „Verhandlung" mußte ich für fünf Minuten den Saal verlassen, und dann hatten Richter und Beisitzer, hinter denen ein großes, ziemlich buntes Stalinbild an der ansonsten kahlen Wand hing, entschieden. Vor dem mit roten Tüchern behängten Richtertisch stehend, hatte ich das Urteil anzuhören: 25 Jahre Zwangsarbeit. Ich nahm den Spruch ohne besondere Erregung hin, denn ich hatte bereits damit gerechnet.

Unsere Bewacher versuchten zwar mit allen Mitteln, uns voneinander zu isolieren, aber dem Wunsch des Menschen, mit anderen Kontakt aufzunehmen, Nachrichten auszutauschen, ist wohl wenig entgegenzusetzen. Auf jeden Fall unterhielten wir uns von Zelle zu Zelle, über Flure und Stockwerke durch Klopfzeichen an Rohre, Heizkörper oder Wände miteinander. Es gab richtige Spezialisten unter uns.

Durch dieses Informationsnetz war längst bekannt, daß Urteile wegen Spionage normalerweise über 25 Jahre lauteten. Also war klar, daß auch das Urteil gegen mich auf ein solches Strafmaß lauten würde.

Nach Bautzen

Nach dem Urteil kam ich in eine sogenannte Transportzelle, wurde also mit anderen Häftlingen, die nach ihrer Verurteilung verlegt werden sollten, in einer größeren Zelle zusammengefaßt. Auch Russen waren dabei, die von ihren eigenen Leuten wahrscheinlich nach ähnlichem Muster wie wir behandelt wurden. Es ergaben sich schnell Kontakte zu ihnen, und irgendwie konnten wir uns auch verständigen. Ein Russe fragte mich: „Wie viel Jahre?" Als ich antwortete, daß ich zu 25 Jahren verurteilt sei, meinte er: „Gut, fünf Jahre davon sitzen, ist normal." Irgendwie war seine Aussage, obwohl ich ihn überhaupt nicht kannte, tröstlich für mich, da er ganz gelassen davon ausging, daß das Strafmaß reduziert werden würde.

Sehr beeindruckt hat mich an diesen russischen Leidensgefährten, daß sie ganz selbstverständlich ihr weniges Essen noch mit uns teilten. Sie hatten ebenfalls kaum etwas, aber die sowjetischen Bewacher brachten ihnen manchmal Reste der täglichen Gefangenenverpflegung, wohl wissend, wie schlecht auch ihre Landsleute schlecht versorgt wurden.

Im November wurde dann ein Transport zusammengestellt. Wir wußten durch unser Informationssystem zwar, daß immer, wenn genug Verurteilte versammelt waren, Transporte aus Schwerin abgingen, aber wir hatten keine Ahnung wohin.

Keinesfalls habe ich vorausgesehen, daß ungefähr drei Wochen nach dem Urteil für mich eine siebenjährige Odyssee durch drei Strafanstalten der inzwischen gegründeten sogenannten DDR beginnen würde.

Wir wurden zu zweit mit Handschellen zusammengeschlossen, auf LKWs verfrachtet und im Morgengrauen zum Bahnhof von Schwerin gebracht. Es war kalt und dunkel, wir waren wie immer hungrig und frösteln in unserer unzureichenden Kleidung. Unser Transportmittel stand auf einem Nebengleis, vom übrigen Gelände abgesperrt durch Russen mit Hunden. Es war ein Viehwaggon. Das Innere des düsteren und schmutzigen Waggons war durch Eisengitter in drei Abteilungen geteilt. Durch die offene Schiebetür wurden wir jüngeren Männer in den rechten vergitterten Bereich gedrängt, die Frauen und alten Männer kamen nach links. Der Platz in der Mitte vor der Tür war für einen Posten mit Hund reserviert. Hinter den Zellengittern befand sich ein schmaler Gang, zu dem parallel in drei Etagen übereinander Bretter zu Pritschen zusammengenagelt waren, auf denen man liegen konnte. Stroh gab es nicht. Oben in der Wand ließen vergitterte Luken etwas Licht hinein, Sicht nach außen hatte man nicht. Als Toiletten dienten hochkant mit Brettern umnagelte Löcher im Boden, durch die man seine Notdurft vor den Augen der anderen verrichten mußte.

Einige Zeit nachdem die Schiebetüren mit viel Lärm geschlossen worden waren, setzte sich der Zug langsam in Bewegung.

Wir sollten zwei Tage unterwegs sein, und wußten während der ganzen Zeit nicht, wohin die Reise ging – in das berüchtigte Workuta, von dem man in Schwerin bereits gehört hatte, in einen anderen Gulag oder sonst wohin. Während der ganzen Zeit gab es als Verpflegung nur ein Stück Brot und warmes Wasser, in dem einige Teeblätter schwammen, beileibe nicht genug, um wenigstens von der Farbe her den Eindruck von Tee aufkommen zu lassen.

Unterwegs hielt der Zug einmal, und es wurden einige ausgeladen. Später erfuhren wir, das wir in Sachsenhausen gehalten hatten.

Als wir nach zwei Tagen Hunger, Rüttelei und Kälte aus dem Viehwaggon ausgeladen wurden, wußten wir zwar immer noch nicht genau, wo wir waren, aber daß wir uns noch in Deutschland befanden, war offensichtlich. Darüber waren wir schon sehr erleichtert.

Schnell stellte sich heraus, daß wir im „Gelben Elend", in der Strafanstalt Bautzen, gelandet waren. Der um die Jahrhundertwende errichtete Gesamtkomplex hatte schon immer als Zuchthaus gedient, Teile davon wurden als Amtsgericht oder für andere Verwaltungsbehörden verwendet. Die Bezeichnung „Gelbes Elend", gelb ist die Farbe der Verklinkerung, spricht für sich und muß nicht weiter erläutert werden. Zunächst waren auch Frauen in Bautzen, später wurden alle Frauen der verschiedenen Strafanstalten in Hoheneck bei Waldheim konzentriert.

Unmittelbar nach unserer Ankunft wurden wir erst einmal gründlich gefilzt. Wir mußten uns völlig entkleiden, und unsere ohnehin abgetragenen Sachen wurden desinfiziert. Seit der Verhaftung im April 1949 trug ich dieselben Klamotten am Körper, Tag und Nacht, Wochen und Monate. In Bautzen wurden es dann Jahre. Als die Sachen nach dem Desinfizieren heiß aus dem Ofen kamen, hatten sie natürlich noch zusätzlich gelitten, aber wir bekamen nichts anderes. Meine Bekleidung bestand zu der Zeit aus einem gutgeschnittenen blauen Blazer, einer – maßgefertigten – Offiziersreithose, an die ich durch Onkel Ottchen gekommen war und handgefertigten, zwiegenähten Stiefeln noch aus den Lederbeständen des schwedischen Kapitäns Persson. Die Stiefel habe ich bei meiner Entlassung Jahre später wunderbarerweise zurückerstattet bekommen. Auf die selbst nach Jahren der Haft irgendwie eleganten Breeches hat mich einmal ein mit einsitzender Offizier angesprochen.

Nach dem Desinfizieren ging es in das Haus 2 zunächst in die Zellen, dann zu einer mehr oder weniger oberflächlichen ärztlichen Untersuchung (meine gründliche Untersuchung wegen TB kam erst später).

Außerdem wurden uns wieder die Haare geschoren, was in regelmäßigen Abständen mit stumpfen Schermaschinen als schmerzhafte Prozedur wiederholt wurde. Später begriffen wir, daß das erneute Scheren auch immer wieder bedeutete, daß man vielleicht verlegt, aber sicherlich nicht entlassen werden würde.

Zurück in der Zelle mußte ich mich mit fünf anderen Häftlingen auf einem Raum von ca. zwei mal vier Meter einrichten. Es waren ein Klappbett und ein doppelstöckiges Bett vorhanden. Zwei von uns mußten also auf dem Boden schlafen. Als Toilette diente der bereits aus Schwerin bekannte Topf mit kaputtem Deckel. Fenster gab es nur hoch oben in der Wand. Sie waren mit Sichtblenden verkleidet, so daß man durch einen ungefähr 30 Zentimeter breiten Spalt lediglich etwas Himmel sehen konnte. Wurde die Tür geöffnet, mußten wir uns unter diese Fenster stellen, und einer hatte Meldung zu machen. Das blieb die ganze Haftzeit so. Am Tage war es verboten, sich auf die Betten zu legen, man mußte hin- und hergehen, höchstens durfte man sitzen. Die Enge war, besonders wenn man sich bewegen wollte, drangvoll.

Die Hungeraufstände

Noch in dieser Zelle erlebten wir die Hungerrevolten von Bautzen. Der erste Aufstand war am 13. März 1950, wurde jedoch bald niedergeknüppelt. Aber am 31. März flammte er noch einmal auf. Grund für das verzweifelte Aufbegehren war die Verschlechterung der Versorgungslage nach der Übergabe des Zuchthauses von den Sowjets an die Volkspolizei. Die deutsche Verwaltung begann ihre Herrschaft mit einer drastischen Kürzung der Lebensmittelzuteilungen für die rund 6000, teils schwerkranken Häftlinge. Morgens und mittags gab es nur noch Wassersuppen mit einigen Nudeln, Brühe aus Futterrüben, gesäuerten Mohrrüben, Kartoffelschalen, gelegentlich ein paar Sauerkrautfäden, und als „Fleischeinlage" ganz selten undefinierbare Stückchen von Innereien. Bei dem ohnehin bereits schlechten Gesundheitszustand eines großen Teils der Gefangenen gab es von Tag zu Tag mehr TB-Fälle, wobei gleichzeitig der Mangel an Medikamenten immer drückender wurde.

Schließlich explodierte der Zorn und die Verzweiflung der gequälten Menschen im ersten Aufstand. Das ganze Zuchthaus hallte wider von dem kollektiven Schrei nach Freiheit und den Hungerdemonstrationen. Aus den Fenstern der Säle wurden Laken gehalten mit den Parolen „Freiheit" und „Hunger" darauf.

Wir in unserer Zelle bekamen alles nur aus der Entfernung mit, aber wir versuchten erfolgreich, die Fenster oben in der Wand zu erreichen, um wenigstens ein bißchen von dem sehen zu können, was sich auf dem Gelände abspielte. Ich konnte zum Beispiel auf einer vorbeiführenden Straße, der Autobahn Dresden-Bautzen-Görlitz, Autos sehen, die anhielten, weil selbst aus der Entfernung das Rufen und Schreien der verzweifelten Gefangenen zu vernehmen war. Es muß sich gewaltig angehört haben.

Die Vopo nahm fürchterliche Rache. Unter der Leitung des berüchtigten Polizeirats Gustav Schulz, er trug den Spitznamen „Hunde-Schulz", drangen die Vopo-Männer brutal prügelnd in die Säle ein. Sie prügelten jeden, Alte und Kranke, aus den Sälen heraus und zwangen sie danach noch zum Spießrutenlaufen, wobei wiederum erbarmungslos zugeschlagen wurde, ganz gleich wohin man traf.

Dennoch blieb die Hungerdemonstration nicht ohne Auswirkung. Es wurde eine deutsch-russische Kommission eingesetzt, die Besserung bringen sollte. Indes war die Hoffnung auf Änderung nur von kurzer Dauer, und so entlud sich der Zorn der Häftlinge am 31. März erneut.

Danach wurden die Verhältnisse etwas besser, aber hungrig blieben wir weiterhin.

Von der Zelle in den Saal

Im April 1950 wurde ich aus unserer Fünf-Mann-Zelle in einen der Säle im Haus 2 verlegt. So ein Saal war ca. 20 bis 22 Meter lang, ca. 12 bis 13 Meter breit und 3,5 bis 4 Meter hoch. Auf 240 bis 280 Quadratmetern mußten sich 350 bis 400 Menschen einrichten, man kann sich vorstellen, daß auch hier die Enge bedrückend war. Wir schliefen auf mehrstöckigen Bretterlagen übereinander, die in mehrere Blöcke rechts und links eines freien Mittelstreifens zusammengefaßt waren. Ich hatte das Glück, auf einem der oberen Bretter Platz zu finden. So bekam ich wenigstens nicht den Dreck ab, der aus den fast nur noch mit Häcksel gefüllten Strohsäcken durch die Ritzen zwischen den roh zusammengehauenen Brettern der Pritschen auf die unten Liegenden rieselte. Trotzdem war die Lage auch dort oben alles andere als komfortabel. Wir lagen zu sechzehn Männern nebeneinander, so daß jeder etwa 60 Zentimeter Platz für sich hatte. Umdrehen, ohne den Nachbarn zu wecken, war nicht möglich.

Der freie Mittelstreifen wurde als „Rennbahn" bezeichnet, auf der wir über Tag ruhelos auf und ab wanderten, um uns von unserem Hunger abzulenken. Auf dieser Rennbahn wurden morgens oder abends auch die Zählappelle abgehalten – je nach Laune des Aufsichtspersonals mit mehr oder weniger

Gebrüll und Beschimpfungen. Besonders am Anfang, wenn ein bestimmter Russe unter den Bewachern war, dauerten diese Appelle sehr lange. Er zählte nämlich die Füße.

Auch im Saal war die Verrichtung der Notdurft ein Problem. Für 400 Leute standen nur fünf Klos und eine Pinkelrinne zur Verfügung. Natürlich standen fast immer Schlangen davor. Ich persönlich war mit meinen 60 Kilogramm und dem entsprechend geringen Grundumsatz nicht allzu oft gezwungen, mich in die Schlange einzureihen.

Wir trugen nun Anstaltskleidung. Und zwar hatte das vermutlich mit der Neuausrüstung der Vopo zu tun. Die kasernierte Vopo bekam nämlich neue, graue Uniformen, womit sie fast wie normale Polizei aussah. Wir bekamen Hemden, Hosen und Jacken aus den alten, blauen Beständen. Nach unseren zerlumpten Resten ehemals ziviler Kleidung, die wir seit der Verhaftung trugen, war das ein gewisser Fortschritt.

Zu essen bekamen wir jetzt häufig dünne Graupensuppe und 125 Gramm Brot am Tag. Dazu in einem Drei-Tage-Rhythmus zuerst etwas Marmelade, dann einen Löffel Zucker und danach etwas Fett. Reste dieses Fetts sparten wir, so wenig es war, auf, um damit alle paar Monate unsere Schuhe einzureiben, damit das Leder nicht zu trocken und brüchig wurde. Wir wußten schließlich nicht, ob wir jemals Ersatz für unsere verschlissenen und ausgetretenen Fußbekleidungen erhalten würden. Es gab dann irgendwann Ersatz: Holzpantinen! Morgens gab es Mukkefuck zu trinken, abends mit einigen Teeblättern versetztes Wasser.

Mein Gewicht hielt sich bei dieser Art der Ernährung konstant auf 60 Kilogramm – bei einer Größe von 185 cm.

Die Essensausgabe war stets ein Staatsakt. Vorgenommen wurde sie von den acht Kalfaktoren des Saalkommandos, bei denen es sich – wie schon in den KZs der Nationalsozialisten – meist um Kriminelle handelte. Es scheint ziemlich gleich zu sein, welchem diktatorischen Regime sich Häftlinge als Hilfskräfte andienen, für ein bißchen Essen mehr, einige kleine Vergünstigungen zusätzlich und vor allem für dieses Machtgefühl gegenüber noch unglücklicheren Mitgefangenen. Es sind fast immer sehr unangenehme Typen gewesen, die sich durch die Macht der Bewacher korrumpieren ließen und dann Befriedigung daran empfanden, ihr eigenes Quentchen Macht zum Beispiel bei der Essensausteilung gegenüber den hungrigen Häftlingen auszuspielen.

Morgens hatten die Kalfaktoren mit Kellen, an Stielen befestigten Dosen, in drei verschiedenen Größen das Wasser auszuteilen. Suppe zu verteilen, war eine Wissenschaft für sich, galt es doch, zunächst den Kesselinhalt so aufzurühren, daß sich außer der wässerigen Flüssigkeit auch ein paar Graupen oder Gemüsestücke in jede Kelle verirrten. Trotz der vielfältigen Repressionsmethoden, mit denen Häftlingen geschadet werden konnte, paßten die Gefangenen, letzlich aus Selbsterhaltungstrieb, höllisch auf, daß sie den ihnen zustehenden Anteil bekamen. Mit Sicherheit hat es aber auch dabei ungerechte Behandlung gegeben, wenn einer dem Kalfaktor heimlich irgend etwas zugesteckt hatte. Mittags wurden Suppenreste der Reihe nach im Saal verteilt, so daß man alle 30 bis 40 Tage einmal Nachschlag bekam.

Brot wurde über eine eigens dafür präparierte Holzleiste gezogen, um es zu markieren. Anschließend wurde es entlang der Markierungen in vier Teile zerschnitten und einer Vierergruppe von Häftlingen ausgehändigt. Innerhalb dieser Gruppe konnte sich dann an jedem Tag ein anderer das erste Stück aussuchen. Die sorgfältig abgemessenen Brotstücke wurden „Kuhle" genannt. Angesichts der Not, unter der wir litten, war es sehr wichtig, daß wir solche Regeln erfanden, um den Mangel wenigstens gerecht verteilen zu können.

Seit die Vopo Bautzen übernommen hatte, mußten wir uns

als „Strafgefangene" bezeichnen. Wenn man Meldung zu machen hatte, hieß es: „Strafgefangener Jürß meldet, daß ... bittet, daß ..."

Zu meiner Zeit in Bautzen saßen dort fast nur Gefangene ein, die von sowjetischen Militärgerichten verurteilt waren. Einige waren wie ich erst in den drei, vier Jahren nach Kriegsende verhaftet worden, andere befanden sich aber bereits seit der letzten Kriegsphase bzw. unmittelbar seit dem Kriegsende in einem der acht Internierungslager der Sowjetzone wie Fünfeichen, Sachsenhausen, Buchenwald, Mühlberg usw.. Diese Männer waren aufgrund der längeren Haftzeit in noch schlechterem gesundheitlichen Zustand.

Es gab viele, die wegen Spionage verurteilt worden waren, weil sie sich politisch für die SPD, CDU oder FDP (LDP) betätigten. Auch ganz junge Männer waren unter uns, die, weil sie im Besitz von Waffen erwischt worden waren, beschuldigt wurden, der Wehrwolf-Organisation anzugehören. Andere waren wegen „Bereicherung am Volksvermögen" verurteilt worden. Meistens bedeutete das einfach, daß einer etwas für sich oder seine Familie organisiert hatte, um schlicht nicht zu verhungern.

Wer aus den Internierungslagern kam, war meist wegen „Verbrechens gegen die Menschlichkeit" verurteilt. Auch das war ein Paragraph, hinter dem sich alles mögliche verbergen konnte. Manchmal nur Denunziation aus Neid und Mißgunst, oder weil alte Rechnungen beglichen wurden.

Neben mir lag einige Zeit ein Berliner Polizist, der im Zivilberuf Kaufmann, Prokurist in der Textilbranche, war. Wie viele andere war er dienstverpflichtet und zu einem Polizeibataillon abkommandiert worden – diese Leute erzählten kaum etwas von dem, was sie im Krieg erlebt hatten. Er war mit seiner Einheit in Norwegen in Gefangenschaft geraten und dann nach Eschwege zu den Engländern abtransportiert worden. Die Offiziere blieben dort, Mannschaften wurden in ihre Heimat entlassen.

Die aus der Umgebung von Berlin setzte man in einen Zug nach Berlin, wo sie an der Zonengrenze sofort von den Russen kassiert wurden. Ob die Engländer wirklich nicht wußten, was sie den Männern damit antaten, oder ob es ihnen einfach gleichgültig war, wird wohl keiner mehr ergründen können. Auf jeden Fall wurden im Westen später die Offiziere, aktive Polizisten, häufig in den Polizeidienst übernommen und konnten sogar Karriere machen. Arme Schweine wie mein Nebenmann mußten die Suppe auslöffeln, die andere ihnen eingebrockt hatten.

Die medizinische Versorgung war in ähnlicher Weise dürftig und unzureichend wie das Essen. Aber trotzdem gab es neben den Mängeln auch kuriose Aspekte. Wir hatten zum Beispiel zwei Zahnärzte, die mit Geräten aus einem ehemaligen Feldlazarett arbeiteten: Es gab zwei Behandlungsstühle, die wie Friseurstühle aussahen und zwei Bohrgeräte mit Fußbetrieb. Wer sich im Gefängnisbetrieb etwas auskannte, bestand darauf, nur von dem einen der Ärzte, die wie wir Häftlinge waren, behandelt zu werden. Auch mich hatte man vorgewarnt, und so brachte ich meine Zahnbehandlung ganz normal hinter mich. Es war nicht gerade angenehm, mit dem langsamen Bohrer malträtiert zu werden, aber was wollte man dagegen tun.

Die Behandlung bei dem anderen Zahnarzt war eine Sache für sich.

Er fing eigentlich immer sehr freundlich und teilnehmend an, fragte den potentiellen Patienten, aus welcher Stadt er stammte, wie schön es dort vor dem Krieg gewesen sei, welchen Beruf er habe und was es an unwichtigen Einzelheiten mehr gab. Dann sah er sich den Zahn an, zog die Stirn in Falten und meinte, der müßte wohl gezogen werden. Er zeigte dem Patienten alle Instrumente, erklärte, was er damit zu tun gedächte und winkte dann einen der anderen wartenden Kameraden heran, damit er dem Patienten den Kopf festhalte. Wenn der arme Mensch, gehalten von seinem Kameraden, mit aufgerissenen Mund dasaß, und er den Zahn – natürlich ohne Narkose – gezogen hatte, holte er seinen Kollegen herbei, um mit ihm lautstark zu besprechen, ob noch etwas zu tun sei, ob nicht etwa noch ein Rest des Zahns im Kiefer verblieben und in einer weiteren Aktion zu entfernen sei. Danach hatte sich die Schlange seiner Patienten im allgemeinen wie von selbst aufgelöst.

Wenn er mittags seinen Kollegen fragte, wie viele Patienten er an diesem Morgen behandelt habe und der zum Beispiel fünf nannte, meinte er, dann habe er selbst sein Soll um 100% übererfüllt, in seiner Schlange hätten zehn gestanden, und die seien jetzt alle nicht mehr da.

Als noch die Russen das Sagen in Bautzen gehabt hatten, ging es auf der Zahnarztstation noch ganz anders zu. Es soll zwischen Russen und Kalfaktoren einen schwunghaften Handel mit Zahngold gegeben haben. Kalfaktoren, ihrer kriminellen Herkunft treu, haben danach Häftlinge derart drangsaliert, daß sie sich bereit erklärten, ihre Goldplomben ausbrechen zu lassen. Ein Kamerad hat sich den Erzählungen nach sogar über das Geländer eines der oberen Flure gestürzt, um den üblen Pressionen eines Kalfaktors zu entgehen. Danach erst sind waagerechte Drahtnetze zwischen den einzelnen Etagen eingezogen worden. Toten – und es sind an Unterernährung, TB und anderen Krankheiten viele gestorben – wurden ohnehin alles Gold geraubt.

Nach meiner Haft wurde ich in Westberlin vom DRK befragt, ob ich mich im Zusammenhang mit derartigen Brutalitäten an Namen erinnern könne. Ich wußte zwar einige Namen, aber genau genommen waren das Informationen vom Hörensagen, denn derartige Manipulationen wurden nur in den Zellen, nicht aber im Saal vorgenommen. Es bleibt natürlich unbefriedigend, daß man die Täter von damals kaum dingfest machen konnte.

„Freizeitaktivitäten"

Wollte man ein allgemeinverbindliches Motto unserer Tage in Bautzen finden, könnte man sagen „Kohldampf und Gespräche".

Aber wir fanden auch Wege, uns produktiv zu betätigen. Viele beschäftigten sich mit Häkeln und Stricken. Die alten, wirklich überhaupt nicht mehr tragbaren Klamotten wurden aufgeribbelt und neu zu Socken, Pullovern, Schals oder anderen nützlichen Dingen verarbeitet. Ich gehörte zu den Strickern. Ich bin sicher, daß ich heute noch Socken stricken könnte und das berühmte Zopfmuster beherrsche, aber ich gebe zu, daß ich es seit damals nicht mehr versucht habe. Die Nadeln für unsere Handarbeiten wurden aus Nägeln unserer Bettgestelle in tagelanger Schleiferei auf einem Stein hergestellt. Wir hatten sogar Nähnadeln. Natürlich war es strikt verboten, derartiges zu besitzen, aber das hat eher angespornt, sich die Utensilien zu verschaffen, mit denen wir unsere katastrophale Versorgungslage ein wenig entschärfen konnten. Etwas einfacher herzustellen, aber auch weniger dauerhaft waren „Nähnadeln" aus Halmen unserer Strohsäcke. Dazu wurde Halmstücke schräg abgeschnitten und im oberen Teil als Öse eine Borste sorgfältig eingeklemmt

Die „Kunsthandwerker" unter uns beschäftigten sich mit Sticken. Dazu malten sie Vorlagen auf irgendwelche Stoffstücke, die sie ergattern konnten, als Stickgarn dienten die Fäden aufgedröselter karierter Hemden. Wer ein Hemd mit Schottenmuster sein eigen nannte, hatte eine ganz wichtige Tauschware in seinem Besitz. Und so manches ursprünglich ganz gewöhnliche Oberhemd verwandelte sich nach und nach in gestickte Kunstwerke wie Wappen, Sinnsprüche oder Monogramme.

Neben den Handarbeitern gab es die Gruppe der Spieler – Schach und Skat waren am beliebtesten. Die Schachfiguren stellte ein Student aus dem Erzgebirge her. Er verwendete dazu

Seifenreste und Leisten von den Bettgestellen. Es war erstaunlich, was er mit primitivstem Handwerkszeug herstellen konnte, anscheinend ist das Erzgebirge nicht ohne Grund als eine Zelle der Heimwerkerkunst zu betrachten. Die Skatkarten wurden gleichermaßen phantasievoll hergestellt, auf irgendwelchen Kartonresten, manchmal unzulänglich, manchmal kunstvoll bemalt. Für die Kolorierung wurden aus der Krankenabteilung „besorgte" farbige Medikamente verwendet.

Auch Kreuzworträtsel haben wir hergestellt. Wir erhielten damals sogenannte „Rosadont-Steine", aus denen man mit Wasser eine Art Schlämmkreide herstellen konnte, um sich damit, sofern man eine selbsthergestellte oder irgendwie organisierte Zahnbürste besaß, die Zähne zu putzen. Wir haben also die mit Wasser zur richtigen Konsistenz gebrachte Masse auf ein Stückchen Holz, Papier oder sonstiges Material aufgebracht und dann in die getrocknete Schicht das Rätsel hineingeritzt.

Auch ein Chor hatte sich zusammengefunden, der abends und an Feiertagen auftrat. Die Lieder weckten viele Erinnerungen an eine bessere Zeit und rührten uns oft genug zu Tränen.

Außer den handwerklichen oder künstlerischen Aktivitäten waren auch Vorträge eine Möglichkeit, das tägliche Einerlei des Strafvollzugs zu unterbrechen und gleichzeitig dafür zu sorgen, daß wir geistig nicht einrosteten.

Wir hatten Kameraden, die als Historiker, Architekten oder Kunsthistoriker über die Entwicklung der Stadt Berlin unglaublich viel wußten. Einmal hörten wir auch den Vortrag eines Mannes, der vorher offenbar sehr genau zugehört hatte und uns nun das Gehörte exakter referierte, als es selbst ein gebürtiger Berliner gekonnt hätte. Es waren Lehrer unter uns, die Unterricht in Latein, Französisch oder Englisch gaben und vielleicht sogar eine gewisse Freude daran hatten, Schüler zu haben, deren Interesse weitaus größer war als das der Halbwüchsigen, mit denen sie sich in der Schule hatten herumschlagen müssen.

Mancher konnte Schillers „Glocke" oder den Goetheschen „Faust" komplett rezitieren.

Schwierig wurde es manchmal bei den Erzählungen von Bäckern oder Schlachtern über deren zivile Tätigkeit, da lief einem buchstäblich das Wasser im Munde zusammen. Es lag eine gewisse masochistische Freude darin zu hören, was alles gebraten, gesotten oder gebacken werden konnte.

Bei einem dieser „Round-table-Gespräche" war mein Nebenmann ein Gutsbesitzer, der lakonisch meinte: „Den stelle ich später mal ein, was der alles aus einem einzigen Schwein fabriziert, das bekommt man sonst nur mit einem Elefanten hin."

So hatten wir uns nach besten Kräften in unserem Gulag eingerichtet, abgeschottet von der Außenwelt, aufeinander angewiesen und gleichzeitig den Bewachern ausgeliefert. Was uns fehlte, war der Kontakt nach draußen. Aber auch da gab es Abhilfe.

Als 1953 die zweite Bundestagswahl abgehalten wurde, haben die Häftlinge am Tag danach um 6 Uhr morgens den Vopo-Posten auf das Wahlergebnis angesprochen. Er hatte keine Ahnung, aber sie konnten es ihm sagen: Eure DKP ist raus! Bei seiner Ablösung sprach er einen Kumpel daraufhin an, und der meinte, das hätte man ihm bereits vor Stunden gesagt. Da war der Teufel los. Der ganze Bau wurde auseinandergenommen. Alle Gefangenen wurden unter Beschimpfungen rabiat aus den Sälen geholt, die Strohsäcke wurden verbrannt, und man fand sich am Ende des Tages in einem anderen Saal in neuer Umgebung wieder. Kurz, es herrschte totale Hektik. Von den Bewachern sicherlich nicht geplantes positives Ergebnis der Aktion war, daß wir neue Strohsäcke bekamen.

Der Detektor, der von einem von uns mit einfachsten Mitteln gebaut worden war, wurde allerdings nicht gefunden und tauchte auch nie wieder auf.

Die offiziellen Kontakte nach draußen waren spärlich und

strengstens überwacht. Seit der Übernahme des Baus durch die Deutschen durften wir zu Beginn eine Karte pro Jahr schreiben, später einen 15-Zeilen-Brief pro Monat. Gleichzeitig war ebenfalls pro Monat ein Brief von draußen erlaubt. Allerdings konnte man bei diesen Nachrichten von Angehörigen häufig nur die Anschrift und den abschließenden Gruß lesen. Der Rest dazwischen sah wie ein benutzte Lebensmittelkarte aus, weil er durch etliche Kontrollen gegangen und ganze Zeilen geschwärzt waren.

Aufgrund der katastrophalen Ernährungslage und der zahlreichen TB-Fälle wurden später auch Pakete zugelassen, die helfen sollten, Unterernährungskrankheiten zumindest einzudämmen. Aber auch dann durften wir keine Wünsche äußern oder gar irgend etwas bestellen.

Not macht erfinderisch: Wir schrieben zum Beispiel in unseren Dankesbriefen für ein Paket, man solle uns doch nie nie wieder Schmalz schicken. Bei mir zu Hause wurde gerätselt, was das wohl bedeuten könne, man hatte doch gar kein Schmalz in das Paket getan. Bis meine Schwester schließlich die zündende Idee hatte: Im Paket war kein Schmalz, und ich hatte geschrieben, man solle kein Schmalz schicken. Das sei eine Art doppelter Verneinung und damit ein dringender Wunsch. Danach klappten die Bestellungen.

Im Laufe der Zeit gab es eine weitere Hafterleichterung: Einige von uns durften Besuch empfangen, allerdings nicht die „Spione". Einer der ersten aus meinem Saal, der Besuch erwartete, war Hein aus Warnemünde, ein Fischer sozusagen aus meiner Nachbarschaft. In Bautzen saß er ein, weil er seine Zwillingsschwester zusammen mit einem desertierten russischen Soldaten in einem Fischerboot über die Ostsee nach Schweden gebracht hatte. Er hatte während des Krieges bereits mit der Gestapo Bekanntschaft gemacht und dabei einige Zähne verloren. Zur damaligen Haft war er verurteilt worden, weil er als Matrose in betrunkenem Zustand eine Flasche gegen die Wand geworfen hatte, woraufhin ein dort hängendes Hitler-Bild herunterfiel, dessen Glas zersplitterte.

Ich weiß nicht, ob ihm diese NS-Haft möglicherweise das Privileg verschafft hat, seine junge Frau sehen zu dürfen.

Wir haben auf jeden Fall den Termin sorgfältig vorbereitet. Es wurde ein Kassiber an meine Mutter geschrieben über die vergangenen und die derzeitigen Zustände im „Gelben Elend". Natürlich mußte der Text in minimal kleiner Schrift angefertigt werden, und das geschah mit Hilfe einer Lupe, die für einen mit uns einsitzenden Graphiker von dessen Vater am Boden einer Schmalzdose eingeschmuggelt worden war. Der Vater kannte sich mit solchen Dingen aus, er war unter den Nationalsozialisten im KZ gewesen.

Dann besorgte einer aus der Ambulanz Stanniol, um den Brief einzupacken. Hein sollte ihn nämlich von Mund zu Mund übergeben, anders wäre es nicht möglich bzw. zu gefährlich gewesen. Auch so bestand noch das Risiko, erwischt zu werden. Hein, der ohnehin meistens Platt sprach, befleißigte sich, als er in die Besucherzelle geführt wurde, des breitesten plattdeutschen Slangs, dessen er fähig war. Der Posten an dem Tag war eine Sachse aus Plauen, der möglicherweise noch hochdeutsch sprechen, keinesfalls aber mecklenburgisches Platt verstehen konnte. Also mußte ein Dolmetscher kommen. In dem Hin und Her, das dabei entstand, nutzte Hein die Gelegenheit, seiner Frau einen Kuß zu geben. Das war zwar verboten, aber die Gelegenheit war günstig, und seine Frau hat die Situation sofort verstanden.

Nach der Haftzeit erzählte mir meine Mutter, der Brief habe sie tatsächlich erreicht. Sie hätte jedoch erst einen Onkel um eine Lupe bitten müssen. Damit wurde der Inhalt entziffert, meine Schwester nahm ihn mit nach Westberlin und sorgte dafür, daß er dort in einer Zeitung veröffentlicht wurde.

So versuchten wir mit allen Mitteln, in dem Trott des Gefängnislebens noch ein winziges Restchen persönlicher Freiheit und Selbstbestimmtheit zu wahren. Das war schwierig genug und wurde manchmal zusätzlich durch Differenzen der Gefangenen untereinander erschwert. Alles in allem funktionierte aber das Zusammenleben unter den erbärmlichen Umständen passabel. Einen Kameradendiebstahl habe ich nur einmal erlebt. Der Missetäter mußte beim Rundgang auf dem Hof mit einem Schild vor der Brust „Ich bin ein Kameradendieb" vor den anderen voranlaufen. In Windeseile hatte der ganze Bau Kenntnis von der Sache, ein weiteres Ereignis solcher Art gab es danach nicht mehr.

Strafanstalt Waldheim

Nach ungefähr einem Jahr Aufenthalt in Bautzen wurde ich nach Waldheim verlegt. Im November 1951 wurden wir auf LKWs verladen. Unter flatternden Planen fuhren wir durch die Kälte, in Handschellen mit ineinander gespreizten Beinen auf der Ladefläche der rüttelnden Wagen sitzend. In der Strafanstalt Waldheim fanden wir Zustände wie vor 100 Jahren vor. Fünf Mann auf einer Zelle mit Kübel. Aber es gab auch einen Vorteil, wir wurden nämlich klassifiziert, was nach außen mit Streifen auf den Jacken dokumentiert wurde. Klasse 1 waren „Politische", Klasse 2 „Kriminelle", worunter verschiedenste Delikte fielen, Klasse 3 bedeutete „Verbrechen gegen die Menschlichkeit", das waren Funktionäre aus der NS-Zeit. Wir politischen Neuzugänge wurden in den 4. Stock gebracht, auf dem auch viele Verurteilte aus den berüchtigten Waldheimer Prozessen lagen. Bei mir in der Zelle lagen nacheinander ein Oberstaatsanwalt aus Prag und ein Kammergerichtspräsident aus Berlin. In der

Nachbarzelle saß einige Zeit der Senatsrichter Voigt, der 1933 im Zuge des Prozesses um den Reichstagsbrand mit über den bulgarischen Kommunisten Dimitrow zu Gericht gesessen hatte (D. wurde freigesprochen). Es waren alles ältere Herren, die froh waren, mit dem Leben davongekommen zu sein, nachdem 20 ihrer Mitangeklagten zum Tode verurteilt worden waren.

Die Angeklagten der Waldheim-Prozesse waren ursprünglich von den Sowjets in Buchenwald, das ebenso wie das ehemalige KZ Sachsenhausen von den Russen und später Deutschen unverändert übernommen wurde, festgesetzt worden und wurden dann nach Waldheim gebracht. In den ersten zwei Tagen der Prozesse führten sogenannte „Volksrichter" (zum Beispiel ehemalige Handwerker) die Verhandlung, da wurden Urteile von fünf bis zehn Jahren gefällt. Danach griffen die Sowjets und die „rote Hilde", die damalige Justizministerin Hilde Benjamin ein, und nun stieg das Strafmaß auf 25 Jahre bis lebenslänglich. Es wurden auch Todesurteile, dem Vernehmen nach achtunddreißig, ausgesprochen, die im Keller vollstreckt wurden.

Man erzählte uns Neuankömmlingen, daß wenn bekannt wurde, es sollte wieder ein Todesurteil vollstreckt werden, in der gesamten Strafanstalt ohne Verabredung absolute Ruhe eintrat, so daß man eine Stecknadel hätte fallen hören können. Nach dieser Gedenkminute, die vom Wachpersonal nicht verhindert werden konnte, normalisierte sich der Geräuschpegel wieder.

Die noch glimpflich Davongekommenen der ersten Tage mußten sich neuen Verfahren stellen und erhielten jetzt ebenfalls höhere Strafen bis hin zu Todesurteilen.

Auch wenn diese Männer nach den Maßstäben der Sowjets und deren deutscher Anhänger als besondere Verbrecher galten, war der Umgang mit ihnen um vieles angenehmer als zum Beispiel mit den Vertretern der Klasse 2. Wir haben immer wieder angeregte und informative Gespräche mit ihnen geführt. Was ihr Verhältnis zur Menschlichkeit betraf, so fielen sie dadurch auf, daß sie uns Jüngeren, die besonders unter der schlechten Versorgung litten, häufig die Reste ihrer eigenen kargen Portionen abgaben.

Die Möglichkeit Briefe und Pakete zu empfangen, oder selbst zu schreiben, waren nach dem bekannten Muster geregelt, aber einen sehr wichtigen Unterschied zu Bautzen gab es in Waldheim: Wir bekamen Bücher und Zeitungen. Natürlich war alles zensiert und sorgfältig ausgewählt, wobei das manchmal auf kuriosen Entscheidungen beruhte. Bücher mußten vor 1933 oder nach 1945 gedruckt sein, sonst galten sie als „Nazi-Literatur". Schiller in einer alten Ausgabe war also genehmigt, Schiller in der Auflage von 1935 verboten.

Da wir, ohne zu arbeiten, mit fünf Mann in einer Zelle lagen, hatten wir das Anrecht auf fünf Bücher, und es gab sogar Bestellisten. Von den schulbekannten Klassikern über Adalbert Stifter bis zum Kapital von Marx.

In Waldheim erlebte ich nach längerer Zeit wieder einmal ein Verhör. Ich wurde zu einem über die Maßen geschniegelten und arroganten Stasi-Offizier gebracht, der mich danach ausfragte, was ich nach meiner Entlassung machen wollte. Besonders interessierte ihn, ob ich nach Westdeutschland oder in die DDR entlassen werden wollte. Ich fragte zunächst höflich zurück, ob ich mir eine Frage erlauben dürfe, und als er das bejahte, wollte ich von ihm wissen, was er von dem damaligen sowjetischen Außenminister Wischinski halte. Wir hatten damals gerade ein Exemplar des Neuen Deutschland erhalten, in dem sich Wischinski seitenlang über die Repatriierung der Koreaner ausgelassen hatte. Unter anderem hatte er geäußert, daß Fragen nach dem Wunschort für die Rückkehr Suggestivfragen seien, die man keinem Häftling stellen dürfe. Der Stasi-Mann lobte – natürlich – den Außenminister ungefähr eine Viertelstunde lang. Als er zu Ende war, wies ich ihn auf die Sache mit der Suggestivfrage hin. Der Offizier sprang wutentbrannt auf und schmiß mich mit einem so gewaltigen Tritt hinaus, daß ich fast bis zu meiner Zelle flog.

Eine herausragende Persönlichkeit ist mir aus der Waldheim-Zeit besonders im Gedächtnis geblieben. Bei uns im Zellenbau lag gleich neben der Wache eine Frau namens Margret Bechler. Ihr Mann war in der Wehrmacht Offizier gewesen, trat in russischer Gefangenschaft dem „Nationalkomitee Freies Deutschland" bei und schaffte es so, sich übergangslos in die entstehende DDR einzupassen. Er wurde sogar Minister und baute später als General die NVA mit auf. Seine Frau allerdings ließ er im Stich und kümmerte sich nie um ihr Schicksal.

Für uns war sie in jeder Lebenslage ein Vorbild. Selbstbewußt, stolz und aufrecht ertrug sie ihr Leid.

Über ihr Leben hat sie ein sehr beeindruckendes Buch mit dem Titel „Warten auf Antwort, ein deutsches Schicksal" geschrieben, womit sie vermutlich den meisten von uns aus der Seele gesprochen hat.

Strafanstalt Torgau

Am 12. Januar 1953 wurde ich aus Waldheim in die Strafanstalt Torgau verlegt. Inzwischen hatten sich die Verhältnisse in der DDR soweit „normalisiert", daß es keinen Transport mehr im umgerüsteten Viehwaggon oder behelfsmäßig auf einem Lastwagen mit Plane darüber gab. Wir wurden in einer „Grünen Minna" mit eigens dazu eingerichteten, sehr engen Einzelzellen in das neue Domizil gebracht.

Waren Literatur und Zeitungen die Neuigkeit in Waldheim, so war der wichtigste Unterschied zwischen Waldheim und Torgau, daß wir hier arbeiten mußten.

In Waldheim hatten wir dank der Großzügigkeit der älteren

Herren mit deren Essensportionen etwas an Gewicht zulegen können, so daß ich nunmehr bei 185 cm immerhin 72 kg wog. Und diese etwas bessere Ausgangslage war jetzt auch bitter nötig, denn die Arbeit war hart. Zunächst mußten wir in einer Halle Schrott zerlegen – Kabel-Ausschuß aus der DDR-Produktion. Später kamen Flugzeugteile aus abgewrackten Kriegsmaschinen dazu. Wir wurden in Brigaden eingeteilt, und uns wurde ein Soll aufgedrückt, daß kaum zu schaffen war. Das gab den ersten Ärger mit den Kriminellen. Die wollten „ranklotzen", wir Politischen hielten davon gar nichts. In der Halle war auch eine Schmiede, und mit dem Schmiedemeister kam ich über Pferde ins Gespräch. Ich durfte bald als Zuschläger bei ihm anfangen, das heißt als Hilfskraft, wenn er Material bearbeitete. Nach dem jahrelangen Nichtstun und der schlechten Ernährung hatte bei mir ein deutlicher Muskelabbau eingesetzt, so daß ich nun das dringende Bedürfnis verspürte, wieder zu Kräften zu kommen. Ich hielt die Arbeit mit dem Schmied gute acht Wochen aus, und sie ist mir gut bekommen, obwohl es hart war. Aus dicken Ankerwellen wurden Werkzeuge geschmiedet wie in der vorindustriellen Zeit, allein mit Muskelkraft, sozusagen Fitneß-Übungen im Knast. Das Eisen wurde mit Salz und Wasser abgeschreckt und gehärtet, was nur aufgrund der großen Erfahrung des Meisters gelang. Wir haben viel dabei gelernt.

Nach einiger Zeit erhielt ich die Chance, in eine andere Brigade umgesetzt zu werden, denn es wurden Maurer gesucht, und ich wollte gern an der frischen Luft arbeiten. Aber auch dort war die Arbeit äußerst kräftezehrend, denn wir mußten alles von Hand ohne jegliche Hilfsmittel leisten, Maschinen oder Transportbänder gab es nicht. Wir hatten Bruchsteine aus den Kasematten der alten Festung Zinna zu verarbeiten, die noch aus der Zeit des Alten Fritz stammten, man kann sich also ohne Mühe vorstellen, welche Plackerei das bedeutete. Unsere erste Decke, die wir verputzten, kam danach zweimal wieder herunter, denn wir hatten den Karbidschlamm, mit dem wir mauerten, einfach zu dick aufgetragen.

Lichtblick bei dieser Arbeit war, daß mein Polier, der aus dem Erzgebirge stammte, mir sehr viel beibrachte und auch wußte, wie man Arbeit am kräftesparendsten einrichtete. Ich hätte nach der Haft nur noch ein Ausbildungsjahr gebraucht und wäre dann Maurergeselle gewesen. Die letzten drei Monate bis zu meiner Entlassung arbeitete ich dann nicht mehr mit der Hand, sondern mit dem Kopf. Ich stand in den Arbeitsräumen der technischen Zeichner mit am Brett und habe deutsche Baupläne ins Russische übertragen. Da machte man sich die Hände nicht mehr schmutzig, und auch die Hose hatte wieder eine Art Bügelfalte. Das war die erste Stufe der Rückkehr zu Eitelkeit und modischem Bewußtsein, den Umständen angepaßt natürlich.

Der Polier aus dem Erzgebirge, an den ich durchaus gern zurückdenke, saß übrigens als „amerikanischer Spion" in Haft. In Wirklichkeit war er Zeuge Jehovas, gehörte also zu der bedauernswerten Menschengruppe, die wegen ihrer konsequenten Kriegsdienstverweigerung bereits während des Dritten Reiches unter Verfolgung zu leiden hatte.

In Torgau erlebte ich auch den 17. Juni 1953. Das heißt, wir erfuhren davon, daß es den Aufstand des 17. Juni gegeben hatte, als die ersten Verhafteten bei uns eintrafen. Vorher hatten wir nur gemerkt, daß die Wachen unglaublich nervös waren. Wir wurden in unsere Zellen gesperrt, haben nicht gearbeitet und durften schon gar nicht zum Hofgang. Allmählich sickerten Gerüchte und einige zutreffende Einzelheiten durch, aber richtig erfuhren wir erst von den verzweifelten Aktionen der aufbegehrenden Bevölkerung, als bereits alles vorbei war. Es war deprimierend.

Trotzdem änderte sich in der Folgezeit das eine oder andere im Umgang der Bewacher mit uns Häftlingen. Ich hatte zum Beispiel einmal einen sehr unangenehmen Auftritt mit einem jungen Vopo von der Aufsicht, als ich mir bei der Paketausgabe ein Paket von zu Hause abholen wollte. Der Vopo kontrollierte den Inhalt nicht nur – wozu er berechtigt war – er zerschnitt alle einzeln verpackten Sachen, die darin waren, würfelte sie durcheinander und schüttete zum Schluß noch Zucker darüber. Das war nun wirklich zu viel, ich beschwerte mich und verweigerte die Annahme. Am selben Tag wurde ich zum Politoffizier gerufen, vor dem ich meine Beschwerde wiederholte. Am Ende durfte ich mir ein neues Paket schicken lassen, das zerstörte aßen wir in der Zelle sofort auf, weil es sonst verdorben wäre.

Das war nicht meine einzige Begegnung mit dem politischen Offizier. Ein anderes Mal wurde ich zu ihm gerufen, weil meine Mutter mir ein Buch über Ökonomie in der UdSSR, dick wie eine Bibel, aus dem Verlag der sowjetischen Wissenschaft geschickt hatte. Der Kommissar fragte mich ein bißchen mißtrauisch und ein bißchen neugierig, was ich damit wolle. Meine Antwort: Ich wolle mich weiterbilden, damit ich nach der Haftentlassung ein nützliches Mitglied der Gesellschaft der DDR werden könne.

Er händigte mir das Buch aus, und gleichzeitig bekam ich von da ab die Erlaubnis, sogenannte „A", also politische Bücher zu lesen, die ansonsten Kalfaktoren und „Vertrauenspersonen", das heißt Spitzeln, vorbehalten waren. Zum Beispiel Franz Mähring „Deutsche Geschichte" oder „Geschichte der KPdSU".

Meine Zellengenossen waren natürlich zunächst reichlich erstaunt, daß ich mit dieser ungewöhnlichen Art von Literatur zu ihnen zurückkam und anschließend sogar zu den privilegierten Beziehern der A-Literatur gehörte. Aber zwischen uns bestand ein erprobtes Vertrauensverhältnis, so daß man mir anstandslos glaubte, als ich erzählte, auf welche Weise ich zu den Büchern gekommen war. Von den anderen, die mir übel wollten, hätte keiner gewagt, mich anzuschwärzen. Nachdem ich auf diese Weise meine Bildungsbeflissenheit unter Beweis gestellt hatte, bekam ich übrigens bei einem Besuch meiner Mutter ein paar knöchelhohe Schnürstiefel aus Leder, besorgt von meiner Schwester, ausgehändigt, die natürlich eine kaum glaubliche Verbesserung gegenüber den Holzpantinen darstellte, die wir sonst trugen.

Ursprünglich hatte es die A-Literatur im übrigen für alle gegeben, aber wir hatten begonnen, mit den Posten über die teilweise hanebüchen ideologisierten Aussagen zu diskutieren. Bei einigen der Posten war das wohl auf fruchtbaren Boden gefallen, so daß es bei der wöchentlichen Schulung dann Ärger gab. Danach war A-Literatur für die Allgemeinheit nicht mehr zugänglich.

Mit unseren Bewachern gab es immer wieder einmal Auseinandersetzungen. Ich selbst bekam in meiner Zeit als Maurer auf dem Bau von einem der Posten einmal eine fürchterliche Ohrfeige. An tätlichen Widerstand war selbstverständlich nicht zu denken, so sehr es einen auch danach verlangte, aber verbal konnte man sich wehren. Ich fuhr ihn also an, er habe kein recht, mich zu schlagen, er sei für mich nur wie ein Aufpasser bei der Gepäckaufbewahrung im Bahnhof. Ich sei der Koffer, die UdSSR, die mich verurteilt habe, der Besitzer, und er habe nichts weiter zu tun, als aufzupassen, daß mir nichts passiere. Mit der DDR, die er repräsentiere, hätte ich überhaupt nichts zu tun, die habe es zur Zeit meiner Verurteilung noch gar nicht gegeben.

Entweder hat meine Argumentation die Aufpasser ausreichend beeindruckt, oder sie wußten mit dieser Art der Dialektik nichts anzufangen, auf jeden Fall hat es keine irgendwie gearteten Folgen meines verbalen Ausfalls gegeben.

Was gibt es noch über Torgau zu sagen? Ich habe das erste Mal seit meiner Verhaftung Besuch von meiner Mutter bekommen. Für uns beide war dieses Wiedersehen gleichzeitig sehr schön und sehr belastend. Glücklicherweise hatte an dem Tag gerade ein vernünftiger Posten die Aufsicht, so daß meine Mutter nach ihrer weiten Anreise eine statt nur eine halbe Stunde bleiben durfte. Es gab schon hier und da etwas humanere Aufseher, allerdings nur so lange, wie ihnen kein Kollege auf die Finger schauen konnte. So wurde zum Beispiel einmal in unserer Abwesenheit die Zelle gefilzt. Ich hatte in einem Buchrücken eine Bleistiftmine – deren Besitz selbstredend streng verboten war – verborgen, und die war danach verschwunden. Einer der Bewacher hatte sie also gefunden, dies aber nicht weitergemeldet, denn es passierte nichts weiter.

Ein großes Ereignis war die Fußballweltmeisterschaft in Bern. Die DDR-Funktionäre waren von einem Sieg des Warschauer-Pakt-Staats Ungarn so überzeugt, daß sie uns über Lautsprecher an der Überlegenheit der kommunistischen Gesellschaft teilhaben lassen wollten, besonders nach dem 2:0 der Ungarn. Bei uns war es so still, daß man gehört hätte, wenn eine Stecknadel auf den Boden gefallen wäre. Nach dem Siegtor unserer Mannschaft war dann die Hölle los, alles schrie durcheinander, man schlug mit Löffeln oder was gerade zur Hand war auf Töpfe und Blechnäpfe. Es war beeindruckend.

Entlassung aus der Haft

Am 7. November 1956 wurde ich von Torgau aus der Haft entlassen, nach siebeneinhalb Jahren Hunger, Unterdrückung, mühsamer Selbstbehauptung auf der einen Seite und unerwarteter Freundschaft, Hilfe oder Zuwendung durch Kameraden auf der anderen.

Ich ließ in der Zelle alles stehen und liegen und sagte den zurückbleibenden Kameraden, teilt es unter euch auf.

Ich kam mit den anderen, die zur Entlassung anstanden, in einen Extrabau, und wir wurden sogar neu eingekleidet. Es waren zwar nur fehlerhafte alte Restbestände aus irgendeiner

Tafeln an der Gedenkstätte Bautzen,
wo 16.700 von 30.000 Verhafteten umgekommen sind (=55%)

HIER RUHEN
248 TOTE, DIE
GEBORGEN WERDEN
KONNTEN, IM GE-
DENKEN AUCH AN
DIE VIELEN TOTEN,
DIE NICHT MEHR
AUFFINDBAR SIND.

GEDÄCHTNISKAPELLE
FÜR ALLE OPFER DER
KOMMUNISTISCHEN
GEWALTHERRSCHAFT

Produktion, aber immerhin besser als gar nichts. Angesichts der zahlreichen Todesfälle, waren wir überglücklich, die Gulag-Zeit weitgehend unbeschadet überstanden zu haben. Ich bin später befragt worden, ob man sich habe verpflichten müssen, über die Erlebnisse zu schweigen (wie dies in der Zeit des Dritten Reichs bei Entlassungen aus dem KZ üblich war), oder ob es Drohungen gegeben habe. Ich kann mich nicht mehr genau daran erinnern, aber ich glaube, wir sind mündlich ermahnt worden. Es hätte aber einer Drohung auch gar nicht bedurft, man wußte, was man sagen konnte und was nicht.

Genauso wie ich mich instinktiv nach Rostock entlassen ließ. Ich bin ziemlich sicher, wenn ich eine Stadt in Westdeutschland genannt hätte, wäre ich 1956 noch nicht rausgekommen.

Heimkehr

Man hatte uns mit Fahrkarten und einem Entlassungsgeld von 30,- Ostmark ausgestattet. Mit mir stiegen einige andere Kameraden in den Zug von Torgau nach Leipzig, dann in den nach Rostock. Hinter Leipzig betraten zwei Parteigenossen mit SED-Abzeichen am Revers unser Abteil. Ob sie in uns ehemalige Häftlinge erkannten, weiß ich nicht, es wäre uns auch egal gewesen, aber die Anwesenheit der Parteibonzen störte uns. Nach kurzem Blickwechsel fing einer von uns an zu husten, wir anderen röchelten leise, aber beständig vor uns hin. Ich zog ein Taschentuch aus der Jackentasche, auf dem sich ein paar Blutflecken von einer Schramme befanden, die ich mir auf dem Bahnhof Leipzig zugezogen hatte. Ich drückte das Tuch so vor den Mund, daß man das Blut sah und murmelte: „Hoffentlich schaffe ich es noch bis nach Hause."

Sehr bald hatten wir das Abteil für uns alleine.

Ankunft in Rostock

Ich kam am nächsten Tag, dem 8. November 1956, morgens um 8 Uhr in Rostock an. Aus Torgau hatte ich zwei Telegramme aufgegeben. Mit dem Text „komme demnächst" an meine Mutter in Rostock, an meine Schwester in Westberlin hatte ich „bin entlassen" telegrafiert. In Rostock ging ich zuerst zum Friseur, dann suchte ich nach einem Blumengeschäft, die Auswahl war dürftig. Danach beeilte ich mich, nach Hause zu kommen. Die Freude, meine Mutter wiederzusehen, war unglaublich! Aber nach zwanzig Minuten wurde Mutter schon wieder ernst: „Vierzehn Tage bleibst du hier, und dann ab in den Westen!"

In den nächsten Tagen wurden mir viele Aufmerksamkeiten erwiesen. Mancher legte Essenspakete anonym vor die Tür, einmal waren sogar fertig zubereitete Tauben dabei. Andere zeigten mir ihre Solidarität offen, so daß ich mich in dieser Hinsicht schnell wieder zu Hause fühlte. Es gab schon 1956 – oder vielleicht auch: noch, was den 17. Juni betrifft – eine stille Opposition. Auch bei den verschiedenen Ämtern, auf denen ich mich melden mußte, ging es zügig, sogar bei denen mit Parteiabzeichen.

So weit zeigte alles den Anschein von Normalität, aber nach zwei Tagen begann ich, der Ermahnungen meiner Mutter eingedenk, meine Flucht in den Westen vorzubereiten.

Ich schrieb zwei Bewerbungen. Eine an die Hochschule für Innen- und Außenhandel in Staaken westlich Berlins, eine an die Hochschule für Planung und Ökonomie in Karlshorst im Osten. Um Karlshorst zu erreichen, mußte man den Westsektor durchqueren.

Nach ungefähr einer Woche bekam ich von beiden Hochschulen die Antwort, Vorstellungszeiten seien am Donnerstag. So stieg ich an einem Mittwoch auf dem Rostocker Bahnhof in einen Zug nach Berlin. Ich war der einzige im Abteil mit einem

Koffer. In Oranienburg stieg Grenzpolizei zu und kontrollierte die Ausweise. Ich verbarg meine Nervosität so gut es ging und wies meinen gerade drei Wochen alten Ausweis vor. Auf die Frage nach meinem Reiseziel, zeigte ich die mit fünf Zentimeter großen Siegeln versehenen Schreiben der Hochschulen vor, die ziemlichen Eindruck machten. Den Koffer hätte ich mit, weil die Prüfungen einige Tage dauerten und ich genügend Wäsche brauchte. Ich war sicher, daß ich noch in keinem Fahndungsbuch stehe, denn so schnell arbeitete selbst die Stasi nicht.

In der Freiheit

Es ging auch alles gut, und wenig später nahm mich meine Schwester am Schlesischen Bahnhof, später Ostbahnhof mit russischen Sektor in Empfang. Dann fuhren wir mit der S-Bahn ohne weitere Beeinträchtigung in den Westsektor. Ich war nun glücklich in der Freiheit gelandet. Wohnen konnte ich bei meiner Schwester, die ja schon seit sieben Jahren in Westberlin wohnte, nachdem sie in Rostock und Schwerin aus Anlaß meiner Verhaftung verhört worden war.

Jetzt fingen erst einmal die Formalitäten an. Ich mußte nach Marienfelde ins Aufnahmelager. Dort bekam ich einen Laufzettel und nach der Anhörung durch eine Kommission wurde ich als politischer Häftling anerkannt. Ich erhielt den Flüchtlingsausweis C und einen Freifahrtschein der Berliner Verkehrs AG. Dann ging's zum Arbeitsamt, danach zum Sozialamt und damit begann eine bis heute unendliche Geschichte.

Sie wollten natürlich Unterlagen haben, das verstand man ja auch. Aber besonders einer ausgesprochen DDR-freundlichen unangenehmen Beamtin war nichts genug, sie verlangte dauernd neue Belege. Wahrscheinlich war ich ihr als politischer

Exhäftling einfach verdächtig. Ich erschien also jeden Tag in der Skalitzer Straße, wo das Sozialamt im ehemaligen Patentamt untergebracht war. Nach einigen Tagen bereits stöhnten die zuständigen Sachbearbeiter, da ich stets der erste auf den Fluren war: „Unser täglich Brot gib uns heute." Trotzdem haben sie meinen Fall nicht etwas zügiger bearbeitet . Nach zwanzig Tagen hatte allerdings ich die Nase voll. Ich fragte Sanni, die in der Zeit auch in Berlin war, was zu tun sei, und sie ging mit mir stracks in die Berliner SPD-Zentrale in der Ziehtenstraße. Dort saß einer, der ebenfalls die politische Haft im Osten kennengelernt hatte, der gab mir einen Brief an den Leiter des Sozialamts mit. Als ich das Schreiben vorwies, war plötzlich innerhalb von zwei Tagen alles erledigt, was sich vorher in der zehnfachen Zeit nicht regeln ließ. Das war mir eine Lehre für das spätere Leben: Ohne etwas Glück und Beziehungen geht auch im freien Westen nichts.

Nun hatte ich meine erste Abfindung in Händen, cirka 5.000,- DM. Ich bekam jetzt auch Arbeitslosenunterstützung. Zu meiner Freude kam in diesen Tagen außerdem meine Mutter zu Besuch nach Berlin, so daß wir wunderbare Tage im Kreise der Familie verleben konnten.

Mutter konnte oder wollte auch im Westen das Organisieren nicht lassen. Sie schickte mich nach Zehlendorf zur evangelischen Mission, damit ich dort nach Lebensmitteln oder ähnlichem fragte. Mit zwei Kameraden und einem Mädchen aus Hoheneck, das zu uns gestoßen war, fragten wir uns also zu einem zuständigen Pastor durch. Der wollte von uns als erstes wissen, ob wir alle evangelisch seien. Das Mädchen antwortete ehrlich, es sei Katholikin, worauf der Gottesmann erwiderte, dann könne er ihr nichts geben. Darauf verzichteten auch wir empört, merkten aber an, daß man vielleicht einmal mit einer Zeitung Kontakt aufnehmen müßte. Wir waren noch nicht wieder am Tor, als der Leiter der Mission hinter uns hergelaufen kam und beteuerte, so sei das nicht gemeint gewesen, natürlich bekäme das Mädchen auch etwas. Es hatte aber seinen Stolz und verzichtete – wir konnten diese Haltung gut verstehen.

Wieder zu Hause erzählte ich meiner Mutter die Geschichte, und sie meinte daraufhin, dann müsse man es einmal bei den Katholiken versuchen, die seien ohnehin großzügiger. Ich war aber von unserem evangelischen Bittgang so bedient, daß ich mich weigerte. Meine Mutter blieb jedoch unerbittlich, und nach dem Motto „Steter Tropfen höhlt den Stein" hatte sie mich nach vierzehn Tagen so weit, daß ich mich zu den Katholiken aufmachte. Ich wurde von einer freundlichen Nonne empfangen, und nachdem ich die Umstände meiner Anfrage geschildert hatte, drückte sie mir einen Karton mit hochwertigen Lebensmitteln in die Hände. Als ich beiläufig und ohne Hintergedanken erzählte, daß meine Mutter gerade aus Rostock zu Besuch sei, gab sie mir für Mutter noch ein paar Extras mit. Da wir uns so freundlich unterhielten, konnte ich die Frage nicht lassen, ob sie gar nicht meine Konfession wissen wolle. Darauf reagierte sie sehr verletzt, so daß ich mich beeilte, mich zu entschuldigen. Ihre Empörung klang jedoch nur langsam ab, und sie wollte wissen, wie ich zu einer solchen Frage käme. Mir müßte doch klar sein, daß vor Gott alle Menschen gleich seien. Daraufhin erzählte ich ihr mein Erlebnis bei den Protestanten, und da geriet sie noch einmal in helle Empörung.

Von November 1956 bis Februar 1957 blieb ich in Berlin, dann wurde ich wegen der Kontrollen an den Interzonenstraßen nach Hannover ausgeflogen. Dort besuchte ich Sanni und Horst, der inzwischen Oberleutnant bei der Bundeswehr geworden war.

Sanni hatte ich ja bereits in Berlin getroffen, aber es war wunderbar, die beiden zusammen wiederzusehen, verheiratet und glücklich auf ihrem gemeinsamen Weg.

Der erste Urlaub

Danach begannen für mich herrliche Wochen. Ich fuhr nämlich weiter nach Reith im Winkel, wo mir das DRK einen vierwöchigen Erholungsurlaub finanzierte. Den Ort hatte ich mir selbst aussuchen können und auch die Unterkunft mit Vollpension. Ich logierte im „Hotel zur Post" gleich neben der Kirche. Am Tag nach der Ankunft suchte ich mir den richtigen Skikurs aus – das heißt, die richtigen Teilnehmer – und dann ging's los. Bis um ungefähr 5 Uhr, wenn es dunkelte, stand man jeden Tag auf den Brettern, danach gab es Tanztees in den meisten Lokalen, und nach dem Abendessen traf man sich wieder auf dem Tanzboden. Alles war sehr lustig und zünftig, nicht wie heute, wo man am besten zweimal pro Tag ein neues Outfit zur Schau stellen muß, um „in" zu sein.

Das ging drei Wochen so, aber dann fiel unser Kursus auseinander, weil einige von uns heimreisen mußten. Allein wollte ich auch nicht mehr bleiben, und deshalb fragte ich an der Rezeption, ob ich die letzte Woche ausbezahlt bekommen könnte. Die zuständige Dame hinter dem Tresen wartete auch noch auf ihren Ehemann und kam daher mir bzw. meinem Schicksal mit viel Sympathie entgegen. Ich bekam also das Geld für die letzte Woche ausbezahlt.

Berufswahl und Berufserfolg

Tags drauf begab ich mich allmählich auf den Weg zurück nach Norden. Als erstes machte ich zusammen mit Mathilde aus dem Skikurs Station beim Rosenmontagszug in Köln und genoß den rheinischen Frohsinn nach Kräften. Danach besuchte ich einige Freunde und Kameraden – ich hatte das recht auf 75% Ermä-

ßigung auf allen Bahnstrecken und dazu noch in der ersten Klasse – und landete schließlich in Iserlohn bei Fritz Porcher und seiner Familie, guten Bekannten aus der Vorkriegszeit, die bereits 1947 in den Westen gegangen waren.

Porcher hatte sich mittlerweile ein Bürobedarfsgeschäft mit zwanzig Angestellten aufgebaut. Es gab bei ihm alles von Büromaschinen, über Büromöbel bis zum Bleistift – und er machte Umsatz.

Die Vertreter in seinem Bereich brachten für die damalige Zeit, 1957, beachtliche Provisionen nach Hause. Manchmal 3.550,- DM, aber nie unter 2.500,- im Monat.

Eigentlich wollte ich ja Bauingenieur werden. Ich hatte auch bereits eine Lehrstelle in Hamburg, von der ich bereits nach acht Monaten, da mir die Handwerkskammer die Zeit in Torgau anrechnete, auf eine Bauschule hätte gehen können. Aber angesichts dieser Provisionen fiel ich um und entschloß mich, bei Fritz Porcher umzuschulen.

Ich hatte bei Porchers praktisch Familienanschluß, denn unsere Familien kannten sich aus Rostock gut. Wenn die Porchers in Urlaub fuhren, hütete ich bei ihnen zu Hause ein und konnte auch mein Mutter kommen lassen. Ich hatte damals bereits einen Dienstwagen (mein Führerschein, den ich als Soldat gemacht hatte, wurde anstandslos anerkannt) und konnte so meiner Mutter das Sauerland und viele Sehenswürdigkeiten zeigen. Auch meine Schwester kam einige Tage zu Besuch. Wir hatten schöne Tage miteinander, und es war gut, daß ich nicht wußte, daß dies das letzte Mal sein würde, daß ich meine Mütter sehen würde. Sie starb 1961, und ich konnte noch nicht einmal zu ihrer Beerdigung fahren.

Nach dem ersten Jahr bei Porcher traf ich auf der Hannover-Messe einen ehemaligen Kameraden aus Bautzen, der mich zur BOG (Büroorganisation) nach Wuppertal vermittelte. Nach einem Kursus für Buchungsautomaten bei Continental versuchte ich mein Glück in Wuppertal, Solingen und Umgebung, danach bewarb ich mich bei Olivetti in Frankfurt. Das war ein Laden. Ein ganzes Hotel an der Zeil diente als Schulungszentrum. In der ersten Woche der Schulung gingen wir abends noch aus, in der zweiten Woche blieben wir zu Hause, und in der dritten Woche nahmen wir die Maschine „Divisumma 24" mit ins Bett, um noch weiter zu üben.

Danach sollte ich nach Stuttgart, aber ich führte ins Feld, daß ich die Mentalität der Norddeutschen besser kenne und kam so nach Schleswig-Holstein. Dort war ich für den Bezirk im Dreieck Lübeck, Heide, Hamburg tätig. Nicht ahnend, daß die Beschaffungsstellen der Behörden in Kiel saßen, und den Bezirk hatte ich nicht.

Trotzdem lag ich im Bundesdurchschnitt immer an zehnter bis fünfzehnter Stelle unter vierzig Bezirken.

Hatte man entsprechende Erfolge zu verzeichnen, wurde man nach einem festgelegten System aufwendig geehrt, schaffte man nicht die geforderten Umsätze, gab es Mahnbriefe. Jeden Sonntag kamen per Eilboten diese Briefe, die entweder Erfolg oder Mißerfolg bedeuten konnten. Nach dem dritten Mal legte meine Frau, ich hatte bei allem beruflichen Engagement trotzdem Zeit zur Heirat gefunden, den Brief auf den Schrank und sagte kategorisch: „Das hat Zeit bis Montag!"

Die gesamte Verkaufsstrategie von Olivetti war bereits damals nach amerikanischem Vorbild ausgerichtet, mit Prämien und Urlaubsreisen. Auch die Ehefrauen wurden einbezogen, indem man Prämien auslobte, die besonders die Begehrlichkeit der Damen ansprachen: Tischgedecke für zwölf Personen etwa.

Regelmäßige Kundenbesuche waren absolute Pflicht. So hatte ich an Silvester noch einen Kunden zu besuchen, der gerade erst das Geschäft von seinem Vater übernommen hatte. Er, seine Frau und ein Lehrling standen im überfüllten Geschäft und verkauften Silvester-Artikel, was das Zeug hielt. Kurzentschlossen zog ich meinen Mantel aus und half bis Geschäftsschluß um 14 Uhr. Davon sprechen wir heute noch gern.

Nach vierzehn Monaten schied ich trotz meiner Erfolge bei Olivetti aus, da ich der Meinung war, man habe mich um eine Provision betrogen. Ich drohte mit einem Gerichtsverfahren.

Praktisch gleichzeitig ergab sich für mich eine Chance bei der schwedischen Firma FACIT. Zunächst ging es um Schreib- und Rechenmaschinen, später kamen die ersten Taschenrechner auf den Markt, zwar noch teuer, aber bereits auf dem Wege, die neuen Renner zu werden. Auch FACIT arbeitete mit Erfolgsprämien und Einbeziehung der Ehefrauen.

Bei FACIT blieb ich vier Jahre. Danach übernahm ich nahtlos die Vertretung der Firma Drabert, die Bürostühle herstellte und mit Bode-Panzer zusammenarbeitete, die Tresore, Nachttresore usw. produzierte. Beide Kundenkreise deckten sich in etwa, so daß ich den Umsatz meines Vorgängers gleich im ersten Jahr von DM 125.000 auf 375.000 DM erhöhen konnte. Ich arbeitete 25 Jahre für Drabert.

1971 wurde die Zusammenarbeit zwischen Drabert und Bode-Panzer aufgelöst, so daß sich für mich wieder eine neue Konstellation ergab. Mit Zustimmung Draberts übernahm ich die Firma Bolte Saarvellingen als freier Handelsvertreter. So war ich Angestellter und gleichzeitig selbstständig. Das gibt es nicht oft im Handelsgewerbe.

1996 konnte ich auf 25 Jahre Selbstständigkeit zurückblicken – von der IHK Kiel gab es dafür eine Urkunde.

Die Wiedervereinigung brachte mir noch einmal einen gewaltigen Schwung, mein Nettoumsatz 1991 betrug 2,5 Mio DM.

Jahre zuvor hätte ich einmal die Gelegenheit gehabt, nach Hamburg zu wechseln, aber wir hatten gerade gebaut, und außerdem wäre meine Frau von Hamburg nicht als Lehrerin übernommen worden. So blieben wir in Schleswig-Holstein und sind auch zufrieden damit.

Mich wundert heute manchmal, was so alles über Marketing an Universitäten und Business Schools geschrieben und gelehrt wird. Zu meiner Zeit war das Handwerkszeug für jeden guten Verkäufer und Berater.

Der Kunde ist König, das wurde einem schon im ersten Lehrjahr beigebracht.

Gemeinnutz geht vor Eigennutz, das war der Grundtenor einer guten Firma.

Alle ziehen an einem Strang, das Klima muß gut und man muß eine Familie sein.

Man muß sich in den Kunden hineinversetzen können und ihn nicht über den Tisch zu ziehen versuchen.

Familiengründung

Als ich in Schleswig-Holstein tätig wurde, erneuerte ich den Kontakt mit meinem ehemaligen Chef bei der Derutra in Rostock, Georg Skadding. Auch er war nach dem Krieg in die Hände des NKWD gefallen, aber da er neben Englisch perfekt Russisch sprach, konnte er sich aus allem herauswinden. Er packte schnellstens die Koffer und ging nach Hamburg, wo er bei der Reederei Slomann anfing. Skadding war verheiratet, und in seinem Hause lernte ich meine spätere Frau, Anne, kennen.

Sie kam aus Königsberg und gehörten zu denen, die im Frühjahr 1945 mit allen möglichen Schiffen über See nach Westen flüchteten. Bei Anne war es ein Fischkutter, der sie über Pillau nach Saßnitz auf Rügen brachte. Von dort kam sie nach Rostock. Später ging sie nach Kiel, wo inzwischen ihr Vater lebte. An der PH in Flensburg legte Anne dann noch einmal ihr Lehrerexamen ab, zum zweiten Mal, weil die Abschlüsse aus der DDR nicht anerkannt wurden.

Da wir beide aus Rostock stammten, hatten wir manches gemeinsame Interesse und fanden uns bald ernsthaft zusammen. Wir heirateten in Berlin, standesamtlich im Rathaus Schöneberg.

1960 kam unser Sohn Michael zur Welt, den meine Mutter leider nicht mehr kennenlernte. Wir konnten gerade noch einige Bilder von ihm in die Rostocker Uniklinik schicken, in der sie damals schon lag. Wenig später starb sie dann.

Hausbau

Als ich nach Kiel kam, versuchte ich, ehemalige Kameraden aus der Haftzeit ausfindig zu machen. Bei Jule (Julius) gelang mir das. Er war schon vor mir entlassen worden und jetzt Funktionär bei der IG Metall. Er war auch ein alter SPD-Genosse und nach 1933 wegen seiner Parteizughörigkeit ins KZ gegangen. Nun saß er schon seit Ende der Fünfziger für die SPD im Landtag und war im Aufsichtsrat der Heimstätte Ost.

Er erwies sich mir gegenüber als sehr hilfsbereit, besonders was die Wohnungsfrage anging. Als er hörte, daß wir einen Bausparvertrag hatten, besorgte er uns ein Grundstück am Stadtrand von Kiel in Klausdorf zum Preis von DM 4,- pro Quadratmeter. Nachdem Anne und ich Kassensturz gemacht hatten, begannen wir drei Jahre nach meiner Entlassung aus der Haft zu bauen. Es sollte ein Haus mit einer Einliegerwohnung aus zwei Zimmern, Küche, Bad und Balkon für meine Mutter werden. Aber leider kam es nicht mehr dazu, daß sie bei uns einziehen konnte.

Schwierigkeiten gab es damals mit der Baufinanzierung, und so klagte ich Jule mein Leid. Was sich dann abspielte, hatte viel Ähnlichkeit mit meinen Erlebnissen auf dem Sozialamt in Berlin.

Ich war zwei Monate Tag für Tag bei der Wohnungsbau-kreditanstalt gewesen und bekam dennoch nicht die ersehnte Genehmigung. Jule griff nur einmal zum Telefon und rief den Direktor der WBK, einen Herrn Schmidt, an. Zwei Tage später hatte ich meine Baugenehmigung. Der Sachbearbeiter war allerdings ziemlich neugierig, was ich mit seinem obersten Chef zu tun habe. Ich beschied ihn kühl, daß ihn das einen feuchten Kehricht angehe und daß ich sein Büro bestimmt nicht wieder betreten würde.

Das Haus wurde 1960 fertig, es kostete mit dem Grundstück DM 75.000, die wir innerhalb von zehn Jahren – trotz unserer vielen Reisen – abgezahlt hatten.

Kommunalpolitik

Allmählich lebten wir uns in der Gemeinde ein. Es gab in den Sechzigern noch viel Gemeinsamkeit unter den Anwohnern, sehr schöne Nachbarschaftsfeste in der ganzen Gemeinde und gegenseitige Hilfe, soweit es notwendig war. Die Verschuldung unserer 3.500 Bürger zählende Gemeinde hielt sich zu der Zeit noch in Grenzen. Die Verschuldung pro Kopf betrug DM 300,-.

Am Sonntag war es üblich, sich zusammen mit dem Gemeinderat am Stammtisch zu treffen, und so geriet ich in die Kommunalpolitik der SPD. Anläßlich einer Kommunalwahl kam es dann innerhalb der SPD praktisch zu einem Umsturz. Es traten 25 neue Mitglieder ein, die alle alten, vertrauten und vertrauenswürdigen Gemeinderatsmitglieder abwählten. Außerdem wollten sie die Eingemeindung nach Kiel erwirken – Gebietsreform. In der Gemeinde erhob sich eindeutiger Widerstand dagegen, ich selbst trat aus der SPD aus. Was mir an den Sozialdemokraten damals auch nicht gefiel, waren ihre Anbiederungsversuche bei der DDR.

Politisch suchte ich nun eine Heimat in der Wählergemeinschaft. Wir siegten mit über 50%, und damit herrschte erst einmal Ruhe. Die SPD bestand fast nur noch aus Lehrern, so daß ich dachte, meine Mitarbeit im Bauausschuß oder dem Ausschuß für das Kieler Umland könnte wichtig sein. Das war von 1970 bis 74.

Einmal kam am Stammtisch – er fand immer von 10 bis 12 Uhr statt, damit es zu Hause keinen Ärger gab – die Rede darauf, wie man den Freizeitwert der Gemeinde verbessern könne. Ich schlug vor, einen Tennisclub zu gründen, ein anderes Gemeinderatsmitglied, zugleich Vorsitzender des Sportvereins, war Feuer und Flamme: „Das machen wir."

Wir setzten ein Inserat in die Zeitung und beriefen eine Gründungsversammlung in unserem Stammlokal „Zur Linde" ein, zu der dreißig Personen kamen. Als ich zu Hause davon erzählte, meinte meine Frau, ich hätte mir da ganz schön etwas eingehandelt. Dank sollte ich nicht erwarten, aber wenn ich Spaß daran hätte, müßte ich es eben tun.

Es machte Spaß, und es wurde ein Erfolg. Ich hatte mir auch vorgenommen, der SPD einmal zu zeigen, wie man so etwas richtig anfängt. Sieben Jahre war ich Vorsitzender des Vereins und baute in der Zeit vier Tennisplätze und ein ganz ordentliches Clubheim. Zu der Eröffnung der Plätze kam der Innenminister des Landes, zur Einweihung des Clubhauses der Justizminister, das sorgte für den richtigen Rahmen und die nötige Aufmerksamkeit.

Der Gemeinde fielen wir nicht zur Last, die stellte nur das Grundstück.

Nachdem ich dieses Projekt erfolgreich zum Abschluß gebracht hatte, zog ich mich aus der Gemeindepolitik zurück.

Ich konzentrierte mich nochmals hundertprozentig auf meinen Beruf und ging 1990 mit 65 Jahren in Rente. Ein halbes Jahr arbeitete ich danach für die Firma mit einem Beratervertrag weiter, und meine Handelsagentur habe ich bis heute behalten.

Oft fahre ich noch für die Baufirma, die 1960 mein Haus gebaut hat, zu Ausschreibungen. Das macht mir viel Freude und ermöglicht gleichzeitig weiterhin Einblicke in die Entwicklung der Bauwirtschaft, die heute bekanntermaßen mit großen Schwierigkeiten zu kämpfen hat.

Die Reisen

Als wir unser Haus planten, meinte meine Frau, das sei ja alles schön und gut, aber reisen wolle sie trotzdem. Das war auch meine Meinung, und so haben wir die vergangenen Jahrzehnte über erst kleinere und dann immer weitere Reisen unternommen.

Ich habe mich nach meinem ersten Wintersporterlebnis in Reit im Winkl weiterhin für das Skilaufen interessiert, aber meine Frau war nicht so sehr begeistert davon. Trotzdem hat sie einige Touren mitgemacht, einmal fuhr ich aber auch mit einem befreundeten Ehepaar los. Dafür waren wir im Sommer immer gemeinsam unterwegs. Erst im Käfer, dann mit einem Ford Kombi durch Deutschland und das westliche Europa. Nach 1990 auch nach Prag, Karlsbad oder Marienbad.

Auch in die romanischen Länder ging es, durch Frankreich nach Spanien, Gibraltar und Italien. Später, als Flugreisen in Mode kamen, besuchten wir fast alle Mittelmeerinseln, oder zumindest einen großen Teil davon, auch die nordafrikanischen Länder standen auf unseren Reiseplänen. Fast überall mieteten wir uns Autos, um unabhängig zu sein und um das Land auch in seinen abgelegenen Winkeln besser kennenzulernen.

Danach wurden die Reisen immer weiter. Wir eroberten als Touristen große Teile Asiens, durchquerten viele nordamerikanische Staaten mit dem Wagen und besuchten auch Kanada.

Eigentlich fehlte uns nur noch Australien als Urlaubsland, und auch das ergab sich.

Ich hatte unseren Sohn während der Semesterferien zu einem Praktikum bei Drabert untergebracht, und eines Tages kam Mischa nach Hause und erzählte, er habe die Möglichkeit, nach Australien zu reisen. Er habe Draberts Importeur für Australien kennengelernt und sei von ihm eingeladen worden, nur den Flug müsse er selbst bezahlen. Wir waren einverstanden und brachten Mischa zum Flughafen. Auf der Rückfahrt meinte Anne, wieso der Sohn und wir nicht, ich wollte schon immer mal dahin.

Gesagt, getan. Mischa holte uns in Adelaide ab, und dann erfuhren und erflogen wir uns einen großen Teil dieses faszinierenden Kontinents. Wir haben es nie bereut, uns auf diese Mammuttour gemacht zu haben.

Wiedervereinigung

Der Fall der Mauer und der Zusammenbruch des Kommunismus kam wohl für uns alle überraschend. Mancher hatte überhaupt nicht mehr daran geglaubt, mancher wollte die Wiedervereinigung vielleicht gar nicht, aber viele freuten sich auch darüber und freuen sich noch, daß Deutschland nicht mehr zweigeteilt ist.

Für mich ist die Wiedervereinigung vor allem das gute Ende eines erfolgreichen Kampfes gegen die Diktatur.

Ich habe mich von Beginn an intensiv bemüht, unser Grundstück in Graal Müritz zurückzubekommen, weil ich mich nie damit abfinden konnte, daß ein diktatorisches Regime die

Bürger enteignet. Es ist mir, auch gegen den Widerstand der Ewiggestrigen, manche sagen „roten Socken", gelungen. Fast die ganzen vier Hektar sind wieder im Besitz der Familie. Bis auf vier bebaute Grundstücke, deren Besitzer ihre Häuser unter Modrow noch schnell für symbolische 1-Ostmark gekauft und ins Grundbuch hatten eintragen lassen. Ich habe Verständnis für dieses Verhalten, sie hatten ja ihre Häuser nur unter viel, viel ungünstigeren Umständen bauen können. Von Steinen, über Wasserrohre bis zu Fenstern konnte das meiste nur durch schwierige Tauschgeschäfte herangeschafft werden. Das war mir vom ersten Tage an klar, und ich habe auch keinerlei Versuche unternommen, mich in den Besitz dieser Objekte zu bringen.

Eines aber gilt es mit aller Konsequenz zu erstreiten, und das ist Gerechtigkeit für die politisch Verfolgten aus der Zeit von 1945 bis 1989. Es geht um lange Haftstrafen, um Todesurteile, um in der Haft erlittene Schäden. Dies ist um so wichtiger in einer Zeit, in der Menschen unter dem Verdacht, Stasi-IM's zu sein, es zum Ministerpräsidenten bringen können. Da hat sich gegenüber der Nazi-Zeit nicht viel geändert.

Gipfel der Ungerechtigkeit war es, als zwei der Haupttäter, Stoph und der Polizistenmörder und Stasi-Chef Mielke aufgrund ihres Alters nicht verurteilt wurden und sofort für sechs Monate Haftzeit DM 3.600 Haftentschädigung ausbezahlt bekamen. Wir Gefangenen aus DDR-Strafanstalten hatten nur DM 300 bekommen, die dann auf DM 600 aufgestockt wurden, aber die gab es nur auf Antrag.

Ich habe mit einem zuständigen Sachbearbeiter einmal darüber gesprochen, daß in seiner Behörde doch alle Unterlagen von Berechtigten vorhanden seien, man müsse sie nur anschreiben. „Ja, aber laut Gesetz nur auf Antrag", war die lakonische Antwort.

Daraufhin bin ich sofort aktiv geworden. Ich habe alle noch lebenden Kameraden, Witwen oder Kinder von Verstorbenen angeschrieben, deren Adressen ich irgendwie herausfinden konnte und habe notfalls selbst dafür gesorgt, daß ihre Anträge auf die zuständigen Ämter gelangten. Auf diese Weise konnte ich rund 500.000 DM Entschädigung erstreiten, die die Betroffenen selbst nicht beantragt hätten, weil sie von der Regelung einfach nichts wußten. In der Presse las man kaum etwas davon, und im Fernsehen kam die Meldung nur einmal um 20 Uhr in den Nachrichten. Nach meiner Recherche haben ungefähr 50% derer im Westen, die einen Anspruch gehabt hätten, nichts bekommen.

Für mich war es eine besondere Freude, daß ich mich bei den Kindern von Jule erkenntlich zeigen und mich für seine Hilfe vor 35 Jahren revanchieren konnte. Beide Kinder bekamen je 10.000 DM, die sie niemals erwartet hätten. Alle, für die ich Abfindung herausgeholt hatte, haben auf meine Bitte für die Gedenkstätte Bautzen gespendet – auf diese Weise kamen über 3.000 DM zusammen.

Ich halte es für unabdingbar wichtig, derartige Kämpfe für die Gerechtigkeit mit aller Kraft zu führen. Und sei es, um zu verhindern, daß man vor lauter Zorn über die Ungerechtigkeiten Gefahr läuft, einen Herzinfarkt oder einen Schlaganfall zu erleiden.

Sozialgerichte und Gutachter

Nachdem zwei Anträge auf Anerkennung meiner Rechte als politisch Verfolgter des DDR-Regimes, auf Haftfolgeschäden abschlägig beschieden worden waren, sah ich mit dem neuen Gesetz von 1999 zur Verbesserung rehabilitierungsrechtlicher Vorschriften für Opfer politischer Verfolgung in der DDR eine neue Möglichkeit, zu meinem Recht zu kommen.

Ich stellte also mit Hilfe eines Freundes, der sich in derartigen Behörden gut auskennt, im Juni 2000 beim Sozialgericht Kiel den Antrag auf Wiederaufnahme meines Verfahrens.

Einige Zeit danach wurde ich vom Versorgungsamt aufgefordert, mich im Friedrich-Ebert-Krankenhaus in Neumünster in der neurologischen und der psychiatrischen Abteilung einzufinden. Ich fuhr also hin und wurde zwei Tage lang von einer Ärztin und dem Chefarzt, die beide aus den Akten über meinen Lebensweg sehr gut informiert waren, untersucht und begutachtet.

Am Ende des zweiten Tages verkündete mir der Chefarzt, worin meine Krankheit bestehe: Ich litte unter einem überdurchschnittlichen Rechtsbewußtsein. Als ich ihm leicht verblüfft entgegnete, das sei wohl nicht strafbar, wollte er wissen, ob ich mich als Patriot oder als Widerstandskämpfer fühle. Das sei relativ, meinte ich. Wenn Graf Stauffenberg als letzteres angesehen werde, dann sei ich keiner; denn der habe nur eine Aktentasche mit Sprengstoff hingestellt und sei dann verschwunden. Offiziere seiner Art hätten andererseits Soldaten, die vor einer in Übermacht angreifenden T 34 flüchteten, wegen Feigheit vor dem Feind vor Kriegsgerichte gezerrt.

Nach der Untersuchung in Neumünster folgte ein Termin beim Sozialgericht in Kiel.

Der zuständige Richter betrachtete mich aufmerksam und fand, ich sähe für mein Alter doch ganz gut aus. Es wären schon andere bei ihm gewesen, denen es schlechter gehe. Ich hätte mich politisch betätigt im Gemeinderat einer mittleren Gemeinde, einen Tennisclub gegründet, sei nicht einmal zur Kur gewesen und niemals in psychiatrischer Behandlung, was ich eigentlich wolle. Mehr als 20% Haftfolgeschäden könne er mir nicht zubilligen.

Daß ich bereits 1957 im Krankenhaus Unna wegen eines Magengeschwürs behandelt wurde, schien ihn keineswegs zu beeindrucken. Auch nicht, daß es 1996 wieder aufbrach und ich während einer schweren Operation nur mit einer 2-Liter-Bluttransfusion am Leben erhalten wurde. Ebensowenig, daß ich 1976 an Leberzirrhose erkrankte, zwanzig Jahre nach einer Gelbsucht in der Haft. Mein Hinweis auf seit Jahren ständig wiederkehrende und im Alter immer bedrückender werdende Albträume nötigten ihm nicht mehr als ein beiläufiges Heben der Schultern ab.

Soviel zu den Auswirkungen eines in Berlin mit viel Trara verabschiedeten Gesetzes zur großzügigeren Behandlung politisch Verfolgter in der DDR.

Nachdem ich die Urteilsbegründung erhalten hatte, schickte ich dem Arzt und dem Richter je ein Buch über Bautzen, damit sie sich über das informieren könnten, worüber sie zu entscheiden hätten. Dem Arzt habe ich zusätzlich eine Veröffentlichung der TH Berlin über Haftfolgeschäden zukommen lassen. Er hat allerdings nicht reagiert, aber der Richter hat immerhin zurückgeschrieben.

Muß man sich eigentlich damit zufrieden geben, daß die Untaten einer Diktatur der jüngsten Vergangenheit, einer roten diesmal, über die man spätestens (!) seit der Wiedervereinigung unendlich viel Information erhalten kann, schon nach weniger als einem Jahrzehnt an den Rand der Aufmerksamkeit gedrängt werden? Daß man immer wieder das Gefühl hat, die Berichte über erlittenes Unrecht würden beinahe gelangweilt, wenn nicht gar ablehnend zur Kenntnis genommen? Vor allem, daß man sich manchmal des Eindrucks nicht erwehren kann, es gebe noch heute – oder auch schon wieder – mächtige Seilschaften unter den ehemals Herrschenden bzw. ihren Zuarbeitern in der DDR. Und nicht genug damit auch Verbindungen quer durch das gesamte Deutschland zwischen denen, die damals in der DDR gut gelebt haben und denen im Westen, die aus ideologischer Verblendung nicht einsehen konnten, daß das drüben niemals eine erstrebenswerte Alternative gewesen ist.

Wenn Menschlichkeit und demokratische Gesinnung sogar geboten, die greisen Täter Mielke, Stoph oder Honecker nicht einem Gerichtsverfahren oder längerer Haft auszusetzen, müßten dann nicht ihre Opfer wenigstens auf konkretes Verständnis für ihr Leiden hoffen dürfen?

Messen mit zweierlei Maß, das scheint eine unveränderliche Handlungsweise in unserer Gesellschaft zu sein!

Zum guten Schluß

Ich könnte noch so viel aus meinem Leben berichten, aber irgendwann muß alles ein Ende haben.

Mein Leben war sehr bewegt, mit Höhen und Tiefen, aber ich bin immer Optimist gewesen. Ich hatte wohl einen lieben Gott, der seine schützende Hand über mich hält, sonst wäre ich kaum mit so viel Glück durch das Leben gekommen.

Ich habe aber auch immer Luises Spruch im Gedächtnis behalten: „Sei hilfreich und gut, so wird dir Gutes widerfahren."

Oder aber auch: „Gib nie 10 Mark aus, wenn du nur 5 in der Börse hast."

Nun kommen wir in das Alter, wo man schon einmal sagt: „Ob Süd, ob West, to Huus is best":

Nur wer die Freiheit je verlor,
vermag zu ermessen, wie lang ein Tag ist;
was es bedeutet, wenn sich
der Albdruck der Sorge und
Ungewißheit für Jahre und Monate
auf unsere Angehörigen senkt.

Langsam wurde es still um uns,
bis auf den ewig knurrenden Magen
und den das Leben verkündenden
Vogelgesang vor den Gittern am Abend
und am Morgen.

(Gedicht eines Häftlings aus Bautzen)

Nach dem Ihnen heute bekanntgegebenen Beschluß des Bezirks-
gerichts Leipzig vom25.10.1956 ist Ihnen für den noch nicht
verbüßten Teil der Strafe bedingte Strafaussetzung bis zum
.6.11...........19..58.. bewilligt worden.
Jeden Wechsel Ihrer Wohnung während des Laufes der Bewährungs-
frist haben sie unverzüglich unter Angabe des Aktenzeichens
IAR..574.../56 dem Staatsanwalt des Bezirkes Leipzig, Abt. I,
anzuzeigen.

Die Bewilligung der bedingten Strafaussetzung ist keine Begna-
digung. Sie soll Ihnen die Möglichkeit bieten, durch Fern-
halten von weiteren Straftaten und durch gute Führung sich eines
künftigen Straferlasses würdig zu erweisen.

Für den Fall, daß Sie das in Sie gesetzte Vertrauen nicht recht-
fertigen oder wieder straffällig werden, haben sie mit dem Wi-
derruf der bedingten Strafaussetzung und der Vollstreckung der
noch nicht verbüßten Strafe zu rechnen.

................, den...........195

Die Unterweisung ist zur Aushändigung an Herrn Walter Jürss
bestimmt.   z.Zt.StVA Torgau

Entlassungsschein.

Herr Walter Jürss geb. am 17. 10. 1925 in Rostock
wurde am 7. November 1956 aus der StVA Torgau nach Rostock,
Beginnnenberg 25/26 entlassen. Verpflegt bis einschließlich
7. 11. 1956

Eigengeld, Arbeitsbelohnung sowie Reisegeld in Höhe von –   LM
und Fahrkarte bis zum Entlassungsort erhalten. Ein Betrag von DM
wird noch bis .... überwiesen.
Er ist nicht im Besitz eines gültigen PA der DDR.
Der Entlassungsschein hat Gültigkeit bis 10. 11. 56 (3 Tage)
und berechtigt zur Fahrt nach Rostock.

                              gez. unl. Unterschrift
         (L.S.)   (Unterschrift)
                              - Rat -

Polizeilich gemeldet am 9. 11. 56 gez. unl. Unterschrift (L.S.)
Amt für Arbeit und Sozialfürsorge gemeldet am . . . .
Personalausweis beantragt am 9. 11. 56 gez. unl. Unterschrift (L.S.

164

Zur Vorlage bei Behörden.

Haftzeitbescheinigung

Herr/~~Frau/Fräulein~~
~~XXXXXXXX~~ Walter   J ü r s s

geboren am 17.1o.25   in   Rostock

zuletzt wohnhaft in   Rostock

jetzige Anschrift   Berlin SO. 36, Skalitzer Str. 82

hat nach eigenen Angaben und hier vorliegenden bzw. hier vorgelegten Unterlagen

vom   2.4.49 '?   bis   7.11.56

in folgenden sowjetischen, sowjetdeutschen, Konzentrationslagern bzw. ostzonalen Haftanstalten gesessen.

Bautzen, Waldheim und Torgau.

Er/~~Sie~~ wurde am 2.4.49   in   Schwerin   vom   S.M.T.
~~XX~~

zu   25 J. Arbeitslager   wegen   angebl.Spionage

nach   § 58,6   verurteilt.

Gleichzeitig hat er/~~sie~~ zwei Zeugen benannt,
~~XX~~
     die a) seine/ihre Untersuchungshaft,
         ~~XX~~
     b) seinen/~~ihren~~ Aufenthalt im Entlassungslager bestätigen.

Ausschließungsgründe nach § 2 HHG sind nicht bekannt.

An Unterlagen haben vorgelegt:

Abschrift des Entl.Schein Strafanstalt Torgau.
DRK-Schein v. 7.12.56, IK 197 291.

Referat der ehem. polit. Häftlinge
der SBZ. und der UdSSR.
im
Zentralverband politischer Ostflüchtlinge
und Ostgeschädigter e.V.
im Gesamtverband
der Sowjetzonenflüchtlinge e. V.
Berlin W 35
Derfflingerstrasse 9   -   Telefon 24 01 91
Unterschriften

Berlin, den   12. Dezember 1956.

ГЕНЕРАЛЬНАЯ ПРОКУРАТУРА
РОССИЙСКОЙ ФЕДЕРАЦИИ

ГЛАВНОЕ УПРАВЛЕНИЕ ПО НАДЗОРУ
ЗА ИСПОЛНЕНИЕМ ЗАКОНОВ
В ВООРУЖЕННЫХ СИЛАХ

«23» ноября 199 4 г.

№ 5ув-1076-94

103160, г. Москва, К-160

СПРАВКА
/ о реабилитации/

Гражданин Германии Юрс Вальтер, родившийся 17 октября 1925 года в г. Ростоке, земли Мекленбург, немец, проживающий до ареста в г Ростоке, работающий экспедитором акционерного общества "Дерутра", осужденный 7 октября 1949 г. военным трибуналом СВА земли Мекленбург к 25 годам лишения свободы с содержанием в ИТЛ, с конфискацией изъятых при аресте ценностей, на основании ст. 3 п. "а" Закона Российской Федерации "О реабилитации жертв политических репрессий" от 18 октября 1991 г. реабилитирован.

Начальник отдела реабилитации –
помощник Главного военного прокурора   Л. П. Копалин

Generalstaatsanwaltschaft
der Russischen Föderation

Hauptverwaltung für die Überwachung
der Ausführung von Gesetzen
in den Streitkräften

23. November 1994   Bescheinigung über
Nr. 5uv 1076 94   Rehabilitierung
103160, Moskau, K 160

Der deutsche Bürger Walter Jurß, geboren am 17. Oktober 1925 in Rostock,
Mecklenburg, Deutscher, der bis zur Verhaftung in Rostock gewohnt hat, als
Expeditor der Aktiengesellschaft "Derutra" gearbeitet hat und am 7. Oktober
1949 vom Kriegstribunal der Sowjetischen Militärverwaltung des Landes
Mecklenburg zu 25 Jahren Freiheitsstrafe mit Inhaftierung im Arbeitslager,
mit Beschlagnahmung der Wertgegenstände bei Verhaftung verurteilt wurde,
wurde auf der Grundlage des Artikels 3 Punkt a des Gesetzes der Russischen
Föderation "Über die Rehabilitierung der Opfer politischer Repressionen"
vom 18. Oktober 1991 rehabilitiert.

Leiter der Abteilung Rehabilitation   Unterschrift
Stellvertreter des Obersten Militärstaatsanwaltes   L.P. Kopalin
                    Stempel

167

Fräulein
Erika J ü r s s

(1) Berlin SO 36

Reichenberger Str. 15o
b./ Broser

über LDD Berlin

⊕ HAMBURG-OSDORF, DEN 8.5.54
BLOMKAMP 51
FERNRUF 82 79 53 - 56
DRAHTANSCHRIFT: SUCHDIENST HAMBURG

Az.: A IIa/P 5-Um/Schl.
Bei Beantwortung angeben!

Betr.: Walter J ü r s s , geb. 17.1o.1925.

Sehr geehrtes Fräulein J ü r s s !

In unseren Unterlagen liegt Ihr Nachforschungsantrag nach
Ihren Bruder vor. Von den im Januar 1954 aus Haftanstalten der
sowjetischen Besatzungszone Entlassenen sind uns sehr viele Meldungen über noch zurückgehaltene Inhaftierte zugegangen bezw.
gehen uns laufend zu. Hier sind bisher nachstehende Meldungen
eingegangen:

Walter J ü r s , geb. ca. 1929, Kaufmann, aus Rostock,
befand sich am 16.1.54 in Torgau.
Gewährsmann: Lothar Boldt, Berlin SO 36, Mariannenstr. 12.

Walter J ü r s s , ca. 28 Jahre alt, aus Rostock, Regienenweg
24/25, befand sich im Jan. 1954 in Torgau.
Gewährsmann: Rud. Köppe, Wiesbaden, Assmannshauserstr. 6.

Wir nehmen an, daß die Meldungen der Entlassenen auf Ihren Angehörigen zutreffen. Es kann möglich sein, daß Sie von einem Entlassenen darüber direkt unterrichtet sind. Wir kommen leider erst
jetzt zur Benachrichtigung, da die Auswertung der Vielzahl von
noch immer laufend neu eingehenden Aussagen eine geraume Zeit in
Anspruch nimmt.

Wir bitten Sie, in direkter Verbindung mit den Entlassenen
die Identität zu klären und alles sonst Wissenswerte sich sagen zu
lassen. Fügen Sie Ihren Anfragen Briefpapier und Freiumschläge bei
und beachten Sie bitte, daß jeglicher Schriftwechsel von und nach
Berlin per Luftpost zu führen ist. Geben Sie sodann Ihrer örtlichen
Rotkreuz-Dienststelle eine Nachricht über das Ergebnis Ihrer Rück-
sprache mit den Entlassenen. Wir hoffen mit Ihnen, daß Ihr Bruder
auch bald zur Entlassung kommen wird und begrüßen Sie

i.A. (Helm)

BANKKONTO: VEREINSBANK HAMBURG, FILIALE HAMBURG-ALTONA, GIROKONTO NR. 118071
POSTSCHECKKONTO: HAMBURG 204 27

FREIE DEMOKRATISCHE PARTEI   Referat Wiedervereinigung

AUSSENSTELLE BERLIN · BERLIN-CHARLOTTENBURG 9, WÜRTTEMBERG-ALLEE 81

Den 20.12.56
Fernsprecher: 94 05 66   x/Schy

Haftzeitbescheinigung

Herr Walter J ü r ß, geb. am 17.1o.1925 in Rostock,

ist am 2.April 1949 verhaftet und am 7.Oktober 1949 von einem sowjetischen
Militärtribunal nach § 58/ 6, wegen angeblicher Spionage zu 25 Jahren
Arbeitslager verurteilt worden. Das Strafmaß wurde im Mai,1955 auf
15 Jahre herabgesetzt.

Die Entlassung erfolgte am 7.November 1956 im Zuge einer Gnadenaktion aus
der Haftanstalt Torgau. Die Reststrafe wurde in eine zweijährige Bewäh-
rungsfrist umgewandelt.

Nach uns vorliegenden Unterlagen können wir bestätigen, daß Herr Jürß
dem Sowjetzonensystem aktiven Widerstand geleistet hat. Er hat Verbindungen zu einer westlichen Dienststelle unterhalten. Die Verurteilung
ist aus rein politischen Gründen erfolgt und nach rechtsstaatlichen Grund-
sätzen nicht zu vertreten.

Die Voraussetzungen nach dem Häftlingshilfe-Gesetz sind in vollem Umfange
gegeben. Ausschlußgründe gem. § 2 HHG liegen nicht vor.

(Willert)

Beratung für Flüchtlinge auch im Auffanglager Marienfelde, Marienfelder Allee 60/88, Haus P, Eingang 3
Montag bis Freitag von 8½–13 Uhr.   Telefon: 73 15 27

169

DEUTSCHES ROTES KREUZ
Landesverband Berlin
Landesnachforschungsdienst

VG²¹ *lv3*

① BERLIN-DAHLEM, den   7.Dez.1956
Im Dol 2 (U-Bahnhof Podbielskiallee)
Fernruf: 76 27 55
Postscheckkonto: Berlin West 63 00

Unser Zeichen: Ste.   LK 197 291

B e s c h e i n i g u n g
(Gültig nur mit Dienstsiegel)

Herr/~~Frau/Fri.~~   J ü r s s , Walter

geboren am ..17.10.1925... in ..Rostock......

zur Zeit wohnhaft in ....Berlin SO 36, Skalitzerstr. 82.........

erscheint auf der hiesigen Dienststelle und legt ...eine beglaubigte...

....Abschrift des Entlassungsscheines der StVA Torgau vom 7.Nov.1956...

....vor..

....................Original-
Der Entlassungsschein der Haftanstalt .....Torgau.............

vom .7.Nov.1956... wurde nach eigenen Angaben von der VP-Dienststelle

......Rostock............ einbehalten.

Verhaftung erfolgte nach eig.Angaben am .2.4.49... in .Rostock......

Wohnsitz zur Zeit der Verhaftung ...Rostock, Beginenberg 25/26....

Der/~~Die~~ Entlassene wurde in den hiesigen Unterlagen unter dem Akten-

zeichen ...197 291..... ordnungsgemäß geführt.

Der Suchantrag wurde gestellt am ..18.3.50..... von ..der Schwester...

.....Erika Jürss, Berlin SO 36, Reichenbergerstr. 150

Die Befragung nach den Notwendigkeiten des Suchdienstes (~~einzelheit-~~
~~lich Vorermit~~) wurde am ...7.12.56.......... durchgeführt.

Herr J. wurde in der Hamburger Liste für polit.Gefangene unter der
StVA Torgau geführt.

I.A.

Formblatt 427

Um unnötige Rückfragen zu vermeiden, wird gebeten, bei Antwort unbedingt unser Aktenzeichen und Betreff anzugeben.
Konto für die DDR: Berliner Stadtkontor, Berlin C 2, Postscheckkonto: Berlin 8, zu Gunsten Deutsches Rotes Kreuz, Bankkonto Nr. 200 323

Name (bei Frauen auch Geburtsname):	Ort der Festnahme:	Aktenzeichen:
Jörns	_Rostock_	_4489 B_

Letzte Wohnung:

Vorname: _Walter Eduard Max_

Geburtstag und -ort: _17.10.1925 Rostock_

Jetzige Anschrift der Familienangehörigen: _Rostock, Beginenberg 25/26_

Beruf früher:
jetzt: _Expedient_

Zuletzt bei:
beschäftigt als:

Familienstand: _ledig_

Kinder: —

Staatsangehörigkeit: _Deutsch_

Deck- Name
Adresse

Größe:
Gestalt:
Gesicht:
Bart:
Augenfarbe:
Haarfarbe:
Besondere Kennzeichen:

Lichtbild

Tag der Festnahme: _8.4.49 Rostock_
wo: _Bautzen_
Karteikarte ausgestellt
am: _7.4.1950_
wo:
Fingerabdruck genommen
am:
wo: _Bautzen_
Übernahme durch die Dtsch. V.-Pol.
am: _16.2.1950_
vom:
Parteizugehörigkeit n. d. 8.5.45
bis:

Eintritt:

NSDAP	SS	SA	SD	Gestapo	NSKK NSFK	HJ	BDM
nein	_nein_	_nein_	_nein_	_nein_	_nein_	_nein_	

Sonstige Organisationen u. Verbände:	Vorstrafen:	Öffentliche Ämter:	Milit. Verbände u. Ausbildung:
nein	_nein_		_Reiter-Reg. 41_ _Unteroff. R.A.II_

Innegehabte Funktionen (z. B. Kreisleiter, SA-Sturmführer usw.): _nein_

Iv 09 HS 1 1. 50 30,0 Nachdruck und Änderung nur gemäß DA 115/49 der LBdVP. Windeln!

Straftat: _Spionage_	Verurteilendes Gericht: _Sowj. Militär Tribunal Schwerin_	Strafdauer lt. Urteil: _13 Jahre_ _Arbeitslager._
	Verurteilt am: _9.24.49_	
	Aktenzeichen: _127956_	Entlassung _8346_
Beginn der Strafhaft: _9.24.49_	Beendigung der Straf.:	am _7.M._ 1956 Uhr
		nach _B.M._

Datum der Eintragung	Grundsätzliche Bemerkungen für die Beurteilung der Gefangenen z. B. Flucht und -versuche, Ausbruch und -versuche, Gewalttätigkeiten, aber auch außergewöhnliche Leistungen	Verlegungen in andere Anstalten Auszufüllen nach Eintreffen in der neuen Anstalt	
		Von	Nach
_19.9.51_	_P.Nr. 1664 auf 13 Jhr. gemindert Jn/ 111/415_	Bautzen	Waldheim
_12.1.53_		Waldheim	Torgau

Kartei der Staatssicherheit